光文社文庫

文庫書下ろし／長編時代小説

検断

聡四郎巡検譚㈡

上田秀人

光　文　社

この作品は光文社文庫のために書下ろされました。

目次

東海道中宿場図
信濃
甲斐
武蔵
相模
駿河
伊豆
下総
大井川
日本橋
品川
川崎
神奈川
程ケ谷
戸塚
藤沢
平塚
大磯
小田原
箱根
三島
沼津
原
吉原
蒲原
由比
興津
江尻
府中
鞠子
岡部
藤枝
島田
金谷
日坂

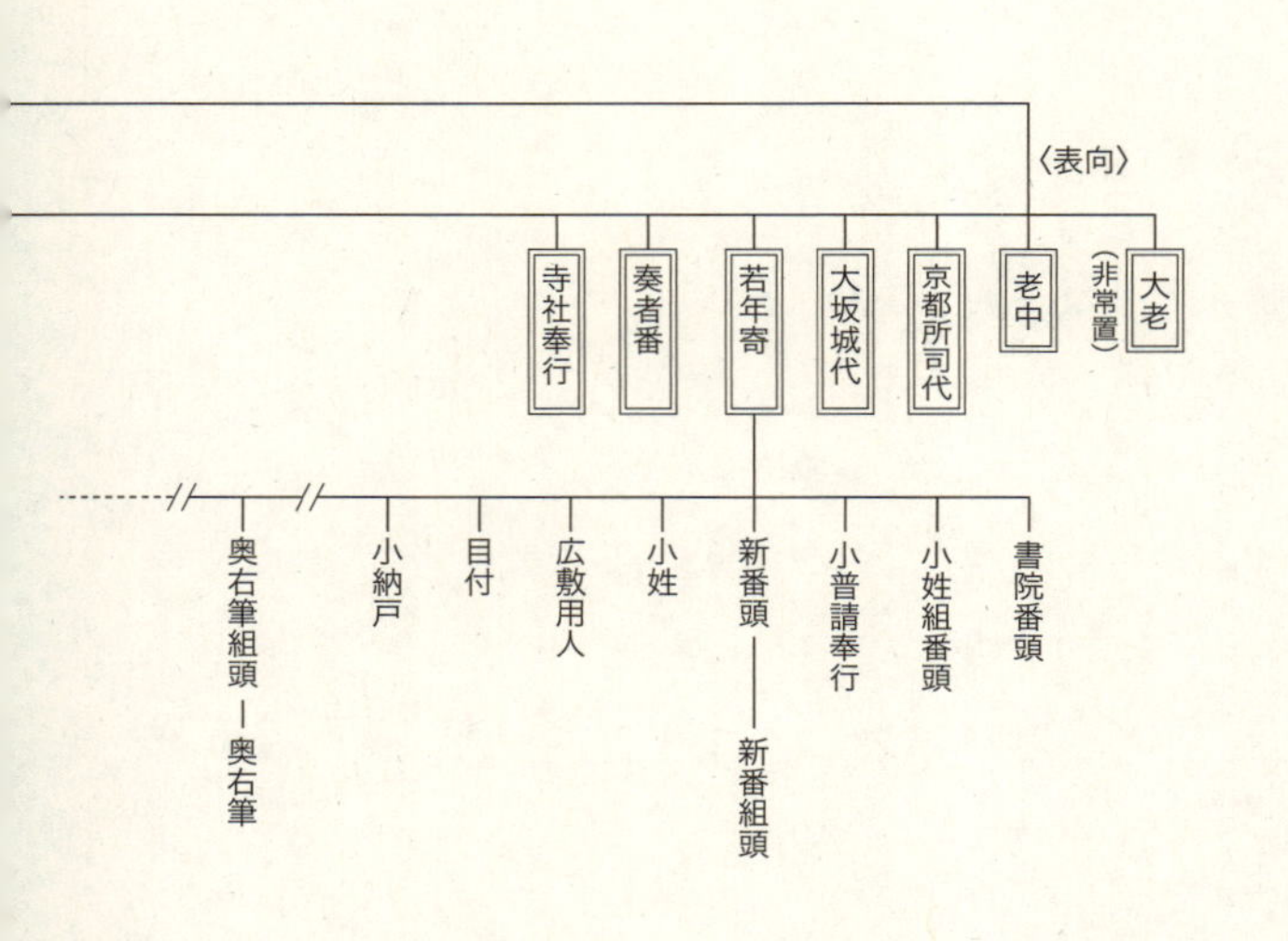
〈表向〉
大老
（非常置）
老中
京都所司代
大坂城代
若年寄
奏者番
寺社奉行
書院番頭
小姓組番頭
小普請奉行
新番頭
新番組頭
小姓
広敷用人
目付
小納戸
奥右筆組頭
奥右筆

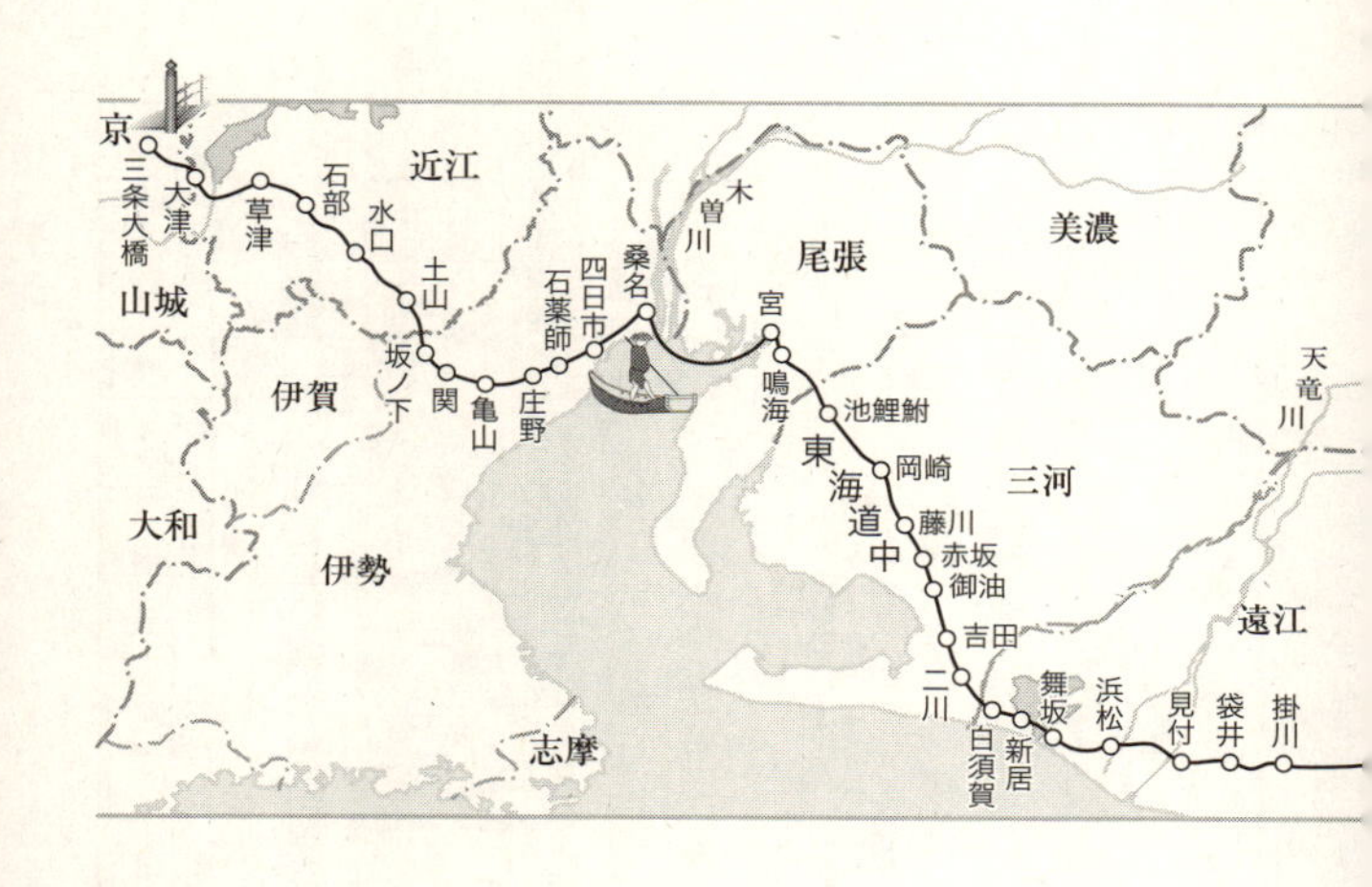
京
三条大橋
大津
草津
石部
水口
土山
坂ノ下
関
亀山
庄野
石薬師
四日市
桑名
宮
鳴海
池鯉鮒
岡崎
藤川
赤坂
御油
吉田
二川
白須賀
新居
舞坂
浜松
見付
袋井
掛川
近江
山城
伊賀
大和
伊勢
志摩
尾張
美濃
三河
遠江
木曽川
天竜川
東海道中

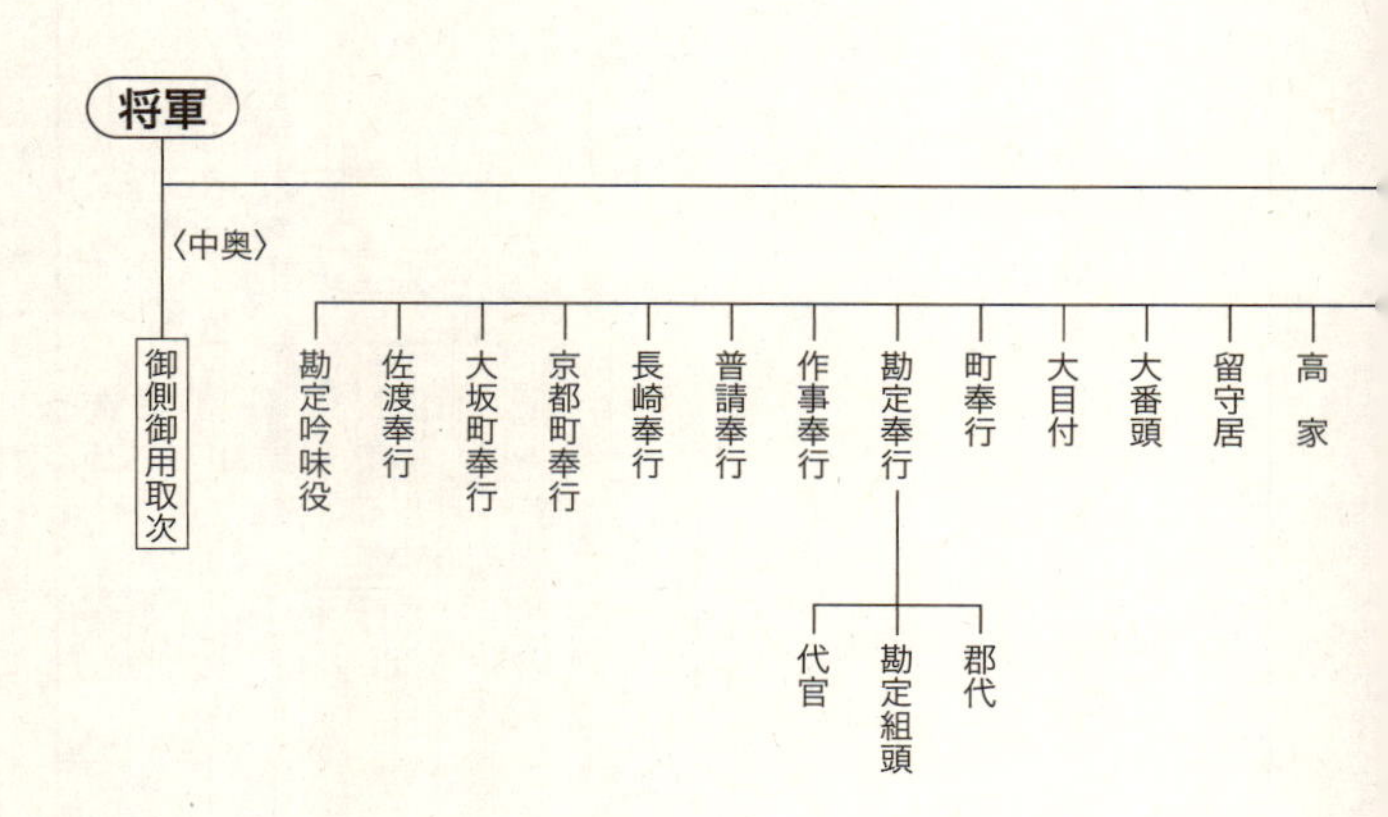
将軍
〈中奥〉
御側御用取次
勘定吟味役
佐渡奉行
大坂町奉行
京都町奉行
長崎奉行
普請奉行
作事奉行
勘定奉行
町奉行
大目付
大番頭
留守居
高家
代官
勘定組頭
郡代
大名役

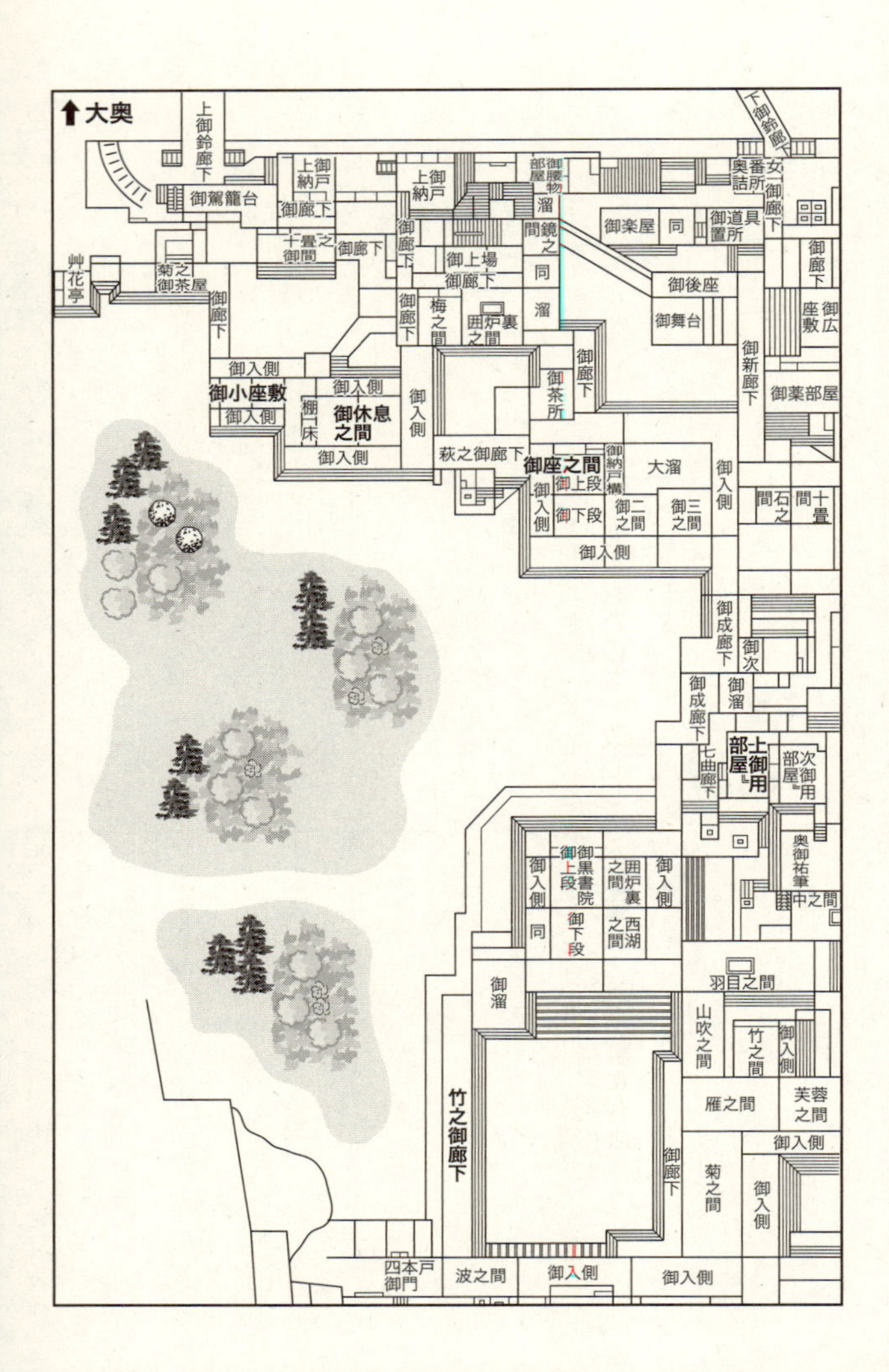
大奥
上御鈴廊下
御駕籠台
上御納戸
御廊下
十畳之御間
御廊下
上御納戸
御廊下
部屋
御腰物
溜
間
鏡之
同
溜
奥番詰所
女御廊下
下御鈴廊下
御楽屋
同
御道具置所
御廊下
屮花亭
菊之御茶屋
御廊下
御上場
御廊下
梅之間
囲炉裏之間
御後座
御舞台
御広座敷
御入側
御小座敷
御入側
棚
床
御入側
御休息之間
御入側
御入側
御廊下
御茶所
御新廊下
御薬部屋
萩之御廊下
御座之間
御納戸構
大溜
御上段
御入側
御下段
御二之間
御三之間
御入側
御入側
石之間
十畳間
御入側
御成廊下
御次
御成廊下
御溜
七曲廊下
上御用部屋
次御用部屋
奥御祐筆
中之間
御入側
御上段
御黒書院
囲炉裏之間
御入側
同
御下段
西湖之間
羽目之間
御溜
山吹之間
竹之間
御入側
竹之御廊下
雁之間
芙蓉之間
御入側
御廊下
菊之間
御入側
四本戸御門
波之間
御入側
御入側

検断　主な登場人物

水城聡四郎（みずきそうしろう）……道中奉行副役。一放流の遣い手。将軍吉宗直々の命で、大宮玄馬とともに諸国を回り、また、剣術の師匠・入江無手斎から言われ、諸国の道場も見て回っている。

水城　紅（あかね）……水城聡四郎の妻。元は口入れ屋相模屋の娘。聡四郎に嫁ぐにあたり、吉宗の養女となる。聡四郎との間に娘・紬をもうける。

大宮玄馬（おおみやげんば）……水城家の筆頭家士。元は一放流の入江道場で聡四郎の弟弟子だった。聡四郎とともに、諸国を回る。

入江無手斎（いりえむてさい）……一放流の達人で、聡四郎と玄馬の剣術の師匠。

袖（そで）……元伊賀の女郷忍。兄を殺された仇討ちで聡四郎を襲うが、返り討ちにされたのち、改心して水城家に入り、紅に付き添う。

加納近江守久通（かのうおうみのかみひさみち）……御側御用取次。紀州から吉宗について江戸へ来る。聡四郎とともに、将軍吉宗を支える。

徳川吉宗（とくがわよしむね）……徳川幕府第八代将軍。紅を養女にしたことから聡四郎にとって義理の父にあたる。聡四郎に諸国を回らせ、世の中を学ばせる。

聡四郎巡検譚 二

検断

第一章　幕臣の夢

一

竹姫との恋は潰えた。

となれば、吉宗が大奥へ顔を出す意味はなくなる。

だが、一度も足を踏み入れないというわけにはいかなかった。大奥には代々の将軍、御台所、その先祖の位牌が祀られている。現役の将軍は、毎朝、大奥にある仏間へ足を運び、その冥福を祈ることになっていた。

「余人を許さず」

吉宗は竹姫を阻害してきた大奥をいまだ許していない。本来ならば、大奥の上臈、中臈、表使などの高級女中が下座で将軍に従って礼拝をするのだが、怒りを収めていない吉宗は同席を認めておらず、仏間に一人だけで籠もった。

「……戻る」

日課として決められているために、やむなく来ているだけなのだ。吉宗の礼拝は短く、終わった後で、大奥女中たちから朝の挨拶を受けるという儀式もなく、中奥へと帰っていた。

「……今、戻った。どのくらい経った」

御休息の間上段に腰を下ろした吉宗が、御側御用取次を務める寵臣の加納近江守久通へと問うた。

「おおよそ、半刻（約一時間）少しでございまする」

ちらと上段の間の床の間に置かれている時計を確認した加納近江守が答えた。

「……なかなか半刻を割れぬな」

苦い顔で吉宗がため息を吐いた。

「廊下を急ぎ足で通り、仏間でも手際よく祈ったつもりであったが……」

「いたしかたございませぬ。御錠口の開け閉めには手間がかかりまするゆえ」

不満げな吉宗を加納近江守が慰めた。

「たかが杉戸を二度開けるだけだぞ。気の利いた商家の小僧ならば、一呼吸する間

「商家と大奥をご一緒になさっては困りまする。上様の御身を護るためでございまする。刺客などが潜んでいないかどうかを念入りに確認いたしておれば、どうしても手間取りましょう」

加納近江守が吉宗を諫めた。

「今の大奥で、躬を狙う肚のある者などおらぬわ」

吉宗が鼻で笑った。

「上様の心配などしておりませぬ」

加納近江守が反論した。

「先のことを懸念いたしておりまする」

「……先とはなんだ」

吉宗が首をかしげた。

「上様の後を継がれるお方、またその次のお方でございまする。皆、上様のように武芸に通じ、胆力が据わっておられるとはかぎりませぬ。先代の家継さまを例に使わせていただくのは無礼でございましょうが、年端もいかぬご幼君ということもございましょう」

「あるだろうな。将軍はふさわしいかどうかではなく、血筋で決まるからな」

吉宗も同意した。

「そのときに、大奥が警固を浅くしていたらどうなりましょう」

「襲われたときに防げぬか」

「はい。上様ならば防げても、他のお方だと無理かも知れませぬ。たしかに手間取り、無駄な行為に見えましょうが、それは上様なればこそ。その他の将軍家におかれましては、必須なのでございまする」

加納近江守が首肯した。

「躬は変わり者だと」

「答えにくいことを仰せになる」

子供のころからのつきあいになる加納近江守が苦笑した。

「まあよいわ。我慢するしかないということだな。まったく、朝の半刻がどれだけ大きいか。大奥女中どもにはわからぬのだ」

「大奥のなかでは、外でなにがあろうが対岸の火事でございますゆえ」

文句を付ける吉宗を加納近江守が慰めた。

「少し早まったかの」

小さく吉宗が呟いた。

「なにがでございましょう」

加納近江守が訊いた。

「水城よ。もう少し、大奥を締めさせておくべきだったかとな」

「旅に行かせたのは上様でございましょう、少しは世間を見て来いとお申し付けになられたうえで」

繰り言を口にした吉宗に、加納近江守が首を横に振った。

「そうなのだがな、便利遣いできる者がおらぬというのは不便なものだ。まあ、水城は水城で、苦労してるだろうが……」

吉宗が遠くを見るような目をした。

箱根の関所は、天下でもっとも厳しいと言われている。入鉄炮に出女を監視するだけではなく、旅人の往来も厳しく見張った。

「髪型が違う」

若い女が関所で止められた。

関所では、菩提寺あるいは在所の地役人によって認められた道中手形で、本人かどうかを確認する。そのため、道中手形には、髪型から、肌の色、ほくろの位置など詳細な特徴が記されている。その手形と照合し、本人と認められてようやく通過が許される。男の場合はあまり変化はないが、女の場合、髷の結いを変えることもある。地元を出たときには、桃割れというまだ大人になっていない少女の髷だったのが、旅をしている間に身体が成長して合わなくなり、普通の髷にしてしまうときもある。こうなれば、まず通過はできなかった。あとの特徴がどれほど一致しようが、同行者が保証しようが、関所にはかかわりがないのだ。結果、この女は一度旅籠などに戻って、髪型を戻して再来するか、下手をすればもう一度江戸へ戻り幕府留守居役から女手形を再発行してもらわなければならなくなる。

対して、武士には甘かった。

「何々藩の某でござる。親戚の法事でどこどこまで参る」

こう申告するだけで、道中手形さえ不要である。

ましてや、旗本ともなれば、箱根の関所などないに等しい。

「旗本水城聡四郎、御用にて通る」

「どうぞ、お通りを」

かつて旗本だった関所番も、今は小田原大久保家から出された役人でしかなく、旗本には遠慮する。

並んでいる町人たちを跳びこえて、聡四郎一行は箱根の関所を抜け、三島の宿場で一夜を明かした。

箱根の関所を越えた夜を過ごす京側の三島、江戸側の小田原で、関所越えの祝いというのを旅人はおこなった。

もちろん、かならずではなく、しない者も多いが、家臣や小者を連れている場合は、労いの一種としてままおこなわれた。

「出てきてよいぞ。明日の夜明けには戻って参れ」

聡四郎は同行している小者の猪太と傘助に二朱ずつ手渡して、外泊を許した。

「ありがとうございまする」

「どうも」

猪太と傘助が金を押しいただいた。

「では、甘えさせていただきまする」

「ご免くださいまし」

二人がいそいそと旅籠を出て行った。

三島の宿場は遊女でも有名であった。もともと三嶋大社の参拝客を相手に発展してきた宿場だけに、精進落としとしての遊廓という姿も持っていた。

箱根の峠で襲って来た伊賀の郷忍を聡四郎と大宮玄馬は撃退、その無残な死に様を二人に見せてしまった。それへの詫びもあった。

「おぬしも行くか」

聡四郎が大宮玄馬に笑いかけた。

大宮玄馬が泣きそうな顔をした。

「殿、わたくしに死ねと」

「袖は情が強そうだな」

聡四郎は一層笑った。

「強いどころではございませぬ」

力なく大宮玄馬がうなだれた。

袖とは、伊賀の郷から兄の仇、聡四郎と大宮玄馬を討つために江戸へ出てきた女忍だった。そこを返り討ちに遭い大怪我をした袖を、大宮玄馬が献身的に介護し、恋仲になった。

今は水城家の女中として、聡四郎の妻紅、その一子紬の警固を務めているため、江戸に残っていた。

「帰れば、祝言だな」

「よろしいのでございますか」

言った聡四郎に、大宮玄馬が問うた。

大宮玄馬も紬も、吉宗の走狗として働いている聡四郎とその家族を守るために雇われている。警固同士を婚姻させて、未練が出てはその意味がなくなりかねなかった。

「紬のことを守る者がいるだろう。いつまでも我らが側にいられるわけでもない。おぬしと紬の間にできた子供ならば、安心できる」

表向きの理由を、聡四郎は口にした。

聡四郎と紅の一人娘、紬は生まれたときから政に巻きこまれていた。形だけとはいえ、聡四郎の妻紅は吉宗の養女であり、紬は孫になる。

そこに吉宗がわざわざ付け加えた。

「躬の初孫である」

他人目のあるところで吉宗は紬をそう評し、さらに大名道具の吉光を守刀として与えた。

「紬をとくと育てよ。素直で、美しく、気高く、そして賢くな」

紬を抱き上げた後で、そう紅に命じた吉宗は、さらに衝撃を重ねた。

「十四歳になったならば、躬がよき婿を見つけてやる」

吉宗は紬の婚姻を自ら差配すると宣したのである。

この衝撃は大きかった。

「上様のお気に入り、水城の娘」

実際、吉宗の血を引いているわけではないので、縁を結ぶための敷居は低い。水城家は加増を受けても七百石でしかないのだ。紬を嫁にもらう、あるいは婿に出すとなっても、千石以上であればどうにかなる。本来ならば、十万石以上の大名でなければ望めない、吉宗との縁に手が届くのだ。

さすがに生まれたての赤子を嫁にくれとは言えないが、そういった動きを見せる者がすでに出てきている。つきあいなどここ二十年以上なかった親戚が、交流を復活したいと手紙を寄こしたり、挨拶を交わしたこともなかった一万石そこそこの外様大名が聡四郎に城中で話しかけたりしてきた。

「……はい」

大宮玄馬も表情を硬くした。

「すまぬな。そなたたちの子供にまで重荷を背負わせる」

「いえ、それでこそ、譜代でございまする」

詫びた聡四郎に、大宮玄馬が首を横に振った。

大宮玄馬は水城家の家臣ではなかった。一放流入江道場における聡四郎の弟弟子だった大宮玄馬は、貧乏御家人の三男で、家を継げる身分ではなかった。

「大宮玄馬の剣は疾いが、軽すぎる」

その才能を認めながらも、小柄な大宮玄馬に全身の力で鎧ごと敵を両断する一放流入江道場は譲れなかった。このままでは実家の厄介者として、生涯を潰さなければならなくなる弟子の未来を入江無手斎は心配していた。

そこに兄弟子聡四郎の身体に危難が及んだ。

「鎧兜を身につけた刺客なんぞ、おらぬ。ならば、疾さは利になる」

日本刀は鋭い。首筋に触れただけで、急所を断ちきることができる。入江無手斎は聡四郎を守るに、大宮玄馬こそ適任であると考えた。

「玄馬を雇え」

二人の師、入江無手斎が、勘定吟味役として新井白石に酷使されていた聡四郎の手助けになるとして仲立ちをしてくれ、大宮玄馬は水城家の家士となった。

以来、主従(しゅじゅう)は数えきれない危機に陥りながらも、生き延びている。入江無手斎の手配がなければ、聡四郎はとても無事ではすまなかった。

「苦労をかける」

「いえ、苦労とは思ってもおりませぬ」

聡四郎の言葉に、大宮玄馬が手を振った。

「風呂でも入るか」

「どうぞ、お先に」

言った聡四郎に、大宮玄馬が勧めた。

武士の入浴中は、宿のほうが他の客を止めてくれるので、なかで鉢合わせすることはないが、護身のためと刀を持ちこむのは避けるべきであった。

水気に弱い刀身は、湯気に触れただけでも錆(さ)びる。錆びてしまえば、その後の手入れが難しくなるのはもとより、下手をすれば使いものにならなくなる。

他にも湯気で鞘(さや)が膨らんで漆(うるし)が剝(は)がれたり、柄糸(つかいと)が水気で脆(もろ)くなったりもする。刀にとって風呂は禁物であった。

当然、一人旅あるいは、刺客に狙われるとわかっているときは別として、普段は太刀も脇差も部屋に置いていく。その部屋に残された武具を、盗まれたり細工を受けたりしないように同行者が見張るのだ。

「任せた」

了承した聡四郎は太刀の鞘から外した小柄を手拭いに隠して持ちだした。小柄は紙を切ったり、髭を剃ったりするために使われる小刀であり、柄と刀身の分離も容易い。多少水気に触れたところで、修復や手入れはしやすかった。

伊賀の郷忍との闘争はまだ決着が付いていない。他にも江戸の御広敷伊賀者組頭だった藤川義右衛門もまだ生きている。無手で無防備になる風呂へ入るだけの勇気を聡四郎は持っていなかった。

「ごゆるりと」

戦いの後でもある。心にも身体にも澱のような疲れが残る。

大宮玄馬は、聡四郎をいたわるように告げた。

二

郷忍二人が抜けたことに、藤川義右衛門は困惑していた。

「あやつらが現実を直視できぬ愚か者であったのは、あまりに情けない。忍というのは、夢を追うものではなく、足下をしっかりと固めて働くものであろうに」

藤川義右衛門が愚痴をこぼした。

「申しわけもない」

やはり伊賀から出てきた郷忍の一人、笹助(ささすけ)がうなだれた。

「いや、よい。二人ですんだことをよしとせねばならぬ」

藤川義右衛門が首を左右に振った。

「だが、痛いのは確かだ。伊賀忍一人で、その辺の無頼十人分は働く。ようやく京橋(きょうばし)を落とし、五つの縄張りを手にしたところだというに」

笹助を責めなかった藤川義右衛門だったが、苦渋に満ちた顔を隠せなかった。

「せめて両国(りょうごく)を吾(わ)がものにするまで待てなかったのか。いや、言うてもせんないことだな。復讐を捨てられぬ者どもに、機を読むだけの余裕はない」

藤川義右衛門がため息を吐いた。

紀州(きしゅう)から庭之者(にわのもの)を連れてきて、御広敷伊賀者から探索方を取りあげた吉宗に、藤川義右衛門は反発、新設された御広敷用人に就任した聡四郎と対立した。後、聡四郎を殺そうとして失敗した藤川義右衛門は、御広敷伊賀組から逃げ出し、闇へと堕ちた。

「両国と浅草を獲るまでは、利助と対立したくない」

どれほど強かろうが、忍の補充は利かない。もともと御広敷伊賀者を抜けて藤川義右衛門に付いた者、伊賀の郷忍では喰えないとして参加してきた者、合わせて十人に満たない数でやって来ただけに、二人の減員は大きな戦力低下であった。

「しばらく機嫌を取るしかないな」

藤川義右衛門が攻勢を止めると宣した。

「たかが無頼でございましょう。一言命じていただければ、利助を消してみせまする」

仲間を止められなかった責任を感じているのか、笹助が申し出た。

「利助を殺すだけですむならば、とっくにそうしている。今はまだ京の連中と敵対するだけの余裕がない」

藤川義右衛門が拒絶した。

利助とは、藤川義右衛門の女、勢の父親で京の闇を仕切る顔役である。藤川義右衛門の力を借りて京を手中に収めた利助は、江戸に手を伸ばした。

「婿はん、頼みまっせ」

利助は藤川義右衛門を利用し、品川をまず落とした。

もちろん藤川義右衛門も黙って利用されてはいない。品川を大人しく渡す代わりに、高輪以東を手に入れている。

藤川義右衛門が、品川という大きな縄張りをあきらめたのは、利権がありすぎて絶えずもめ事を起こすからだ。どれほど儲けがあろうが、完全に把握するのに手間がかかりすぎると判断、利助に渡すことでその足留めを図ったのであった。

「二人抜けたぶんを補充するには、無頼ならばできる者を十人は欲しい」

「無頼ごときでできる者など、そうはおりますまい」

笹助が難しい顔をした。

「いないわけではない。どこの縄張りにも、顔役を支える二番手、三番手がいる。そのあたりならば、数を揃えれば少しは役立つ」

藤川義右衛門が笹助の意見を否定した。

「高輪とか、浜町の者はいかがいたしました」

ふと笹助が訊いた。

「急ぎ、品川から江戸への道筋を塞がなければならなかったのでな。役に立つ、敵に回せば面倒な者どもは、最初に始末した」

利助の江戸進出を阻害するために、品川に隣接する縄張りを押さえなければならなかった藤川義右衛門は、顔役とその一家を皆殺しにしていた。

「京橋は、何人か手に入れたが、落としたばかりだ。とても命を懸けてこっちに従うとは思えん。それこそ、賭場の一つ、岡場所の一つをくれてやると誘われれば、利助に付きかねん。どころか、金で転ぶだろう」

「たしかに」

笹助も理解した。

「鞘蔵」

「ここに」

藤川義右衛門が、部屋の隅で控えていた御広敷伊賀者から抜けた配下に声をかけ、鞘蔵が膝一つ前に出た。

「御広敷から引き抜けぬか」

「……御広敷はもう、将軍の支配を受け入れてございまする」

一応訊いてみた藤川義右衛門に、鞘蔵が小さく首を左右に振った。

「厄介も無理か」

「……してはみまするが、難しゅうございましょう」

厄介とは、家督を継げない次男、三男などのことである。伊賀者として生まれたこと、忍としての鍛錬を積んではいるが、養子にでも行かない限りは実家でくすぶるしかなくなる。

かといって三十俵そこらの禄で、家に残った次男、三男に十分なまねはしてやれず、生涯娶ることなく、実家の手伝いをして過ごすしかない。

どこも家督を継げない次男以下の問題は頭の痛いことであるが、なかでも伊賀者はとりわけ厳しいものであった。

「密かに接触し、その場で連れて来い。家へ帰せば、きっと親から説得されてしまう。夢のない厄介なら、話の持っていきようではこちらに従うだろう」

藤川義右衛門の策に、鞘蔵が条件を問うた。

「どのように言えば」

「待遇か……」

少し藤川義右衛門が思案した。

「一カ月三両ではどうだ」

「三両でございますか……」

一両あれば庶民一家が一カ月生きていける。鞘蔵が悩んだ。

「伊賀者だと年に十二両ほどだ。三両といえば、実家の三倍になるぞ」

藤川義右衛門がかなりの厚遇だと告げた。

「しかし、実家から外れれば、抜け忍扱いになりまする」

「抜け忍か、ううむ」

鞘蔵に言われた藤川義右衛門が唸(うな)った。

伊賀だけでなく、どこでも忍は結束が固い。それは助け合わなければ生きていけなかったというのもあるが、門外不出の忍技を外へ出さないというのも大きな要因であった。

「どこどこの次男が抜けた」

こうなったら、逃げた本人だけでなく、実家も周囲から冷たい目で見られる。少なくとも、三代の間は伊賀者をまとめる組頭になったり、厄介を他家へ養子にもらってもらえる、娘を嫁に出すことなどはできなくなった。

「構わぬだろう。抜けた以上は、実家との縁も切れる。追われたところで、見つからなければ問題はない。考えてみろ、我らは御法から外れた無頼だぞ。今更、伊賀の掟(おきて)などどうでもよいではないか」

藤川義右衛門がどうにかなろうと言った。

「……やってみましょう」

「そうしてくれ。できるだけ多くの伊賀者が欲しい。多ければ多いほど、江戸の夜を支配するのは早くなる。おまえの働き次第だ」

ためらいを見せながらも引き受けた鞘蔵を藤川義右衛門が激励した。

「お頭」

黙って見ていた笹助が藤川義右衛門に話しかけた。

「なんだ」

藤川義右衛門が発言を許した。

「甲賀者（こうがもの）を引き抜いてはいかがでございましょう」

笹助が進言した。

「……甲賀者か。ふうむ」

「馬鹿を言うな」

考え出した藤川義右衛門とは反対に、鞘蔵が笹助を怒鳴った。

「甲賀者のような卑怯者など、足手まといにしかならぬわ」

「それほど嫌われずとも」

鞘蔵を笹助が宥（なだ）めた。

「おまえは忘れたのか、甲賀がどのような連中か。関ヶ原（せきがはら）の前夜、伏見（ふしみ）城を預けられておりながら、豊臣の勧誘に応じ、寝返ったのだぞ」

百二十年から前の話を笹助は出した。

甲賀は早くから家康に従い、関ヶ原のころには徳川の居城となっていた伏見城の警固を担っていた。やがて東西が手切れとなり、大坂から関ヶ原へ向かう軍勢が行きがけの駄賃とばかりに伏見城を襲った。決戦になるとわかっていた家康は、伏見城にわずか一千五百ほどの兵しか残していなかったが、そのどれもが死兵となり、数万の豊臣軍を足留めした。

「なんとかせよ」

石田三成の命で、豊臣方は甲賀忍者を脅した。内応しなければ家族を磔にして殺すと見せつけた。

結果、甲賀は寝返り、ついに伏見城は落ちた。

「仕事を受けている間に、家族の命と引き換えとはいえ裏切るなど、忍の風上にも置けない連中である」

鞘蔵は口をきわめて罵った。

「…………」

笹助が黙った。

「抑えろ、鞘蔵」

言うだけ言わせた藤川義右衛門が、鞘蔵を抑えた。

「ですが……」

「落ち着け。たしかに江戸で甲賀は与力、家康を伊賀越えで助けた伊賀者は同心。裏切った者が格上だというのを見せつけられてきたのだ。御広敷伊賀者が甲賀者を嫌うのはわかるが、好き嫌いでものごとを決めるな」

「申しわけございませぬ」

藤川義右衛門に叱られた鞘蔵が頭を垂れた。

「笹助、気にするな。郷に百二十年のときが流れたように、江戸には江戸の流れがある。江戸の伊賀者は、甲賀を嫌っておる」

「気づきませんで」

笹助が小さくなった。

伊賀と甲賀は山一つ隔てている。国も伊賀と近江で違っているため、交流がほとんどなく、好き嫌いという感情を持つことが郷忍にはなかった。

「甲賀者か……それも一手ではあるが、まずは同じ伊賀から補充をすべきだ」

藤川義右衛門がこの先の予定を口にした。

「それで手が足りぬなら、甲賀を誘う」

「…………」

鞘蔵が一瞬強ばった。

「安心しろ。闇は実力で評価する。甲賀が与力、伊賀が同心などという格付けは、通じぬ。遣えぬならば、小者扱いしかせぬ」

「おおっ」

藤川義右衛門の断言に、鞘蔵が歓喜した。

「では、厄介の勧誘に行って参りまする」

「うまくいたせ」

立ちあがった鞘蔵を、藤川義右衛門が激励した。

三

目付、野辺三十郎から駿府町奉行遠藤讃岐守への書状を託された徒目付、小高佐武郎は箱根越えの習慣である三島泊まりをせず、通過した。

「足に来るな」

さすがに箱根八里をすませたばかりである。小高佐武郎は、疲れを感じていた。

「旦那、御駕籠はいかがで」

三島の宿場を出たところで小高佐武郎に声がかかった。

「駕籠か……」

小高佐武郎が足を止めた。

三島から駿河まではおよそ十六里（約六十三キロメートル）ほどある。江戸からざっと二十九里（約百十四キロメートル）走り続けてきたのだ。少し休んで体力を回復させたほうが後々楽になるかと小高佐武郎が思案した。

「ここらの夜旅は危のうござんすぜ。足下が悪いところも多ござんすし」

駕籠屋の後棒が勧めた。

「あっしらは、この辺りを毎日行き来しておりやす。道には慣れておりやすし、このように提灯も持っておりやすので、夜旅でもご安心くださいな」

前棒が提灯を揺らせて見せた。

「どこまで行ける」

小高佐武郎が問うた。

「さようでございますねえ。沼津でも原でも」

前棒が答えた。

「沼津まで一里半（約六キロメートル）ほどだったか。近いな」

江戸を出る前に、駿河府中までの経路は確認している。小高佐武郎が計算をした。

「では、原まで頼もうか。どれくらいかかる」

原まではおよそ三里（約十二キロメートル）ほどになった。

「急げと言われれば、急ぎやすよ。酒手をはずんでくださるなら」

前棒が告げた。

「三里ほどか……一千二百文でどうだ」

江戸の町駕籠はおおよそ一里を四百文から五百文で行った。その代金を基準に小高佐武郎が出した。

「ご勘弁を。それじゃあ、走れやせん」

前棒が拒んだ。

「酒手こみで一千三百文ではどうだ」

あらかじめ旅費はもらっている。基本、目付が徒目付に命じる役目は表に出せないものになるため、後日精算はしなければならないが、密命とあれば詳細は明かさずともすむ。使った金額でどの辺りまで出向いたかを推測できるのだ。余った半分も返せば文句は言われない。残りが己の手間賃になるとあれば、小高佐武郎が細かい交渉をしたのは当然であった。

「せめて一分はいただかないと。酒手は別でお願いしてですが」

前棒が少なすぎると文句を言った。

一分は一両の四分の一、一両を六千文だとすれば、銭にして一千五百文になる。酒手を一割だとすれば、支払いは一千六百五十文になった。

「むうう」

小高佐武郎が悩んだ。

徒目付は百俵前後の貧乏御家人のなかから武芸に優れた者を選んで任じる。役高は百俵五人扶持しかなく、元高が百俵以上あれば、五人扶持だけしか手当は増えない。一人扶持がおよそ玄米で五合、五人扶持で二十五合でしかなく、金にしたところで十両あるかないかであった。

そんな貧乏御家人に一千六百五十文は大きい。

「断ろう」

疲れと金を天秤にかけた小高佐武郎は、金を取った。

「そいつは残念で」

「お気を付けて」

あっさりと駕籠屋が引いた。

「すまぬの」

手をあげて詫びの代わりにした小高佐武郎が、ふたたび足に力を入れた。

「……行っちまったな」

「ああ」

駕籠屋の前棒と後棒が顔を見合わせた。

「原まで無事に着けると思うか」

「運がよければ着くだろうよ。最近、街道筋に東から流れてきた面倒な連中が増えているが、かならず当たるとはかぎるまい」

前棒の問いに後棒が答えた。

「あまり裕福そうではなかったからな。見逃してもらえるかも知れねえ」

「それはそうだ」

二人の駕籠かきが笑い合った。

御宿を出て沼津にさしかかったあたりで、日が暮れた。

「今日中に原をこえれば、明日には駿河だ」

小高佐武郎が、己を鼓舞した。

原から駿河府中までは十三里（約五十一キロメートル）ほどである。小高佐武郎の足ならば、三刻（約六時間）ほどで足りる。

「原の宿で朝餉と小休止を取れるな」

夜通し駆けられるとはいえ、疲れはなくせない。江戸からまともな睡眠も取らず急いだのだ。小高佐武郎はくたびれていた。

「しかし、そこまでして追いおとさねばならぬのか」

小高佐武郎は野辺三十郎の危惧を受け入れられていなかった。

「お目付は江戸から出て行かれぬ。別役として道中目付があってもよかろうに」

足を動かしながら、小高佐武郎は首をかしげた。

「街道筋に出張りもせず、ただ江戸にいるだけのお目付に、なんの不足があろうや」

目付は大名、旗本を監察するとはいえ、役目の形としては、旗本だけしか監察できず、大名は大目付の職務になる。

目付は江戸城での礼儀、礼法を司る。これを拡大解釈した目付が、江戸城内で大名を咎めるようになり、大目付の職分を蚕食し始め、いつの間にか乗っ取ってしまった。

おかげで大目付は名誉職になり、実権を失った。

「道中目付ができれば、専用の徒目付が要る。さすれば、何人かの貧しい御家人が一息つける」

小高佐武郎が独りごちた。

「待ちな」

沼津の宿場まであと少しのところで、小高佐武郎の行く手を遮る者がいた。

「なにやつじゃ。拙者を幕府旗本と知ってのことか」

徒目付という身分を口にはできない。小高佐武郎は徳川家の威光を表に出した。

「旗本なんぞ、嫌というほど見てきたんでな。一束いくらの値打ちしかねえわ」

飛び出してきた男の一人が、笑った。

「旗本でも大名でもなんでもいい。褌以外は全部置いていけ。命だけは助けてくれるわ」

別の男が小高佐武郎へ命じた。

「そなたら、盗賊か」

小高佐武郎が確認した。

「そうだとも。まさか茶の師匠に見えるというわけでもあるまい」

先頭に立っている男がからかうように答えた。

「ならば、討伐して問題ないな」

小高佐武郎が告げた。

「おいおい、数は数えられるか。俺たちは六人、そっちは一人だぞ」

「一人でなにができる」

盗賊の一人が笑い、皆も唱和した。

「やってみるか。拙者としても、こんなところで無駄にときを過ごすわけにはいかぬでな」

すっと表情を変えた小高佐武郎が、太刀を抜いた。

「やる気だぞ、この野郎は。みんな、散れ」

先頭の男が仲間に指示した。

「おう」

盗賊たちが小高佐武郎を囲むように散った。

「おうりゃ」

右斜め後ろから、最初の攻撃があった。小高佐武郎の死角に回りこんでいた無頼が、手にしていた棒で殴りかかってきた。

「……ふっ」

武芸で選ばれた徒目付が、そのていどの攻撃を察知できないはずもなく、小高佐武郎はあっさりとこれをかわした。

「うおっ、と、と」

思いきり力をこめた一撃を外された男が体勢を崩し、たたらを踏みながら小高佐武郎の前へと出てきた。

「愚かな」

嘲笑しながら、小高佐武郎が右足で男を蹴った。

「ぐぎゃっ」

腰の骨を蹴り折られた男が、地面に転がって呻(うめ)いた。

「こいつ、やるぞ」

先頭の男が緊張した。

「着物を傷つけまいと思ったが、そうも言っていられねえ。着物はあきらめた。

やってしまえ」

「わかった」

「お、おう」

配下らしい無頼たちが棒を捨て、長脇差(ながどす)に手をかけた。

「待ってやるわけなかろうが」

得物(えもの)を手放した瞬間ほど、無防備になるときはない。小高佐武郎は、男たちの隙を見逃さず、太刀を薙(な)ぎながら大きく前へ踏みだした。

「ぎゃあ」

「ぐえ」

腹を割かれた二人の無頼が絶叫した。

「一瞬で……」

三人の仲間をやられた先頭の男が絶句した。

「次は……」

「勝てねえ、逃げろっ」

小高佐武郎が太刀を構え直したのを見た先頭の男が踵(きびす)を返した。

「わっ」

「ひゃっ」

残った二人も逃げ出した。

「……見事だな」

必死で走る三人は、まったく違う方向へと散っている。どれを追うか、絞りきれないようにとあらかじめ考えていたのだろう。

小高佐武郎が感心した。

「…………」

無言で倒れている三人に止めを刺した小高佐武郎が、それぞれの懐を探った。

「全部で二分と一朱、四百六十四文か。死人には不要だ。遠慮なくいただこう」

小高佐武郎が、金を腹巻きへとしまった。

「手間取ったな」

太刀を拭って鞘へ納めた小高佐武郎が、走り出した。


三島遊女の歓待を受けた猪太と傘助が眠そうな目をこすりながら、旅籠の前で聡四郎と大宮玄馬を待っていた。

「昨夜はありがとう存じます」

「…………」

猪太と傘助が深く頭を下げた。

「うむ。では参ろうか」

根掘り葉掘りどうだったかと訊くわけにもいかない。聡四郎は一行を促して歩き出した。

「本日は、由比までを目標とする」

伊賀者に狙われた聡四郎は、万一に備えて峠越えの疲れを取るため、遅発ちにしていた。早発ちで急げば、本日中に駿河府中へ着けるが、無理を避けた。

「へい」

「わかりやしたあ」

猪太と傘助が元気に返事をした。

「げんきんなものでございますな」

大宮玄馬があきれた。

「人とはそういうものだ」

聡四郎も苦笑していた。

三島の宿場は、大山祇命と積羽八重事代主神の二柱を祀る三嶋大社を中心に発展してきた。古来、参拝客を迎えるのに慣れ、客あしらいのうまい宿場町であった。

「三嶋暦、暦はいらんかねえ」

大きな声で客を寄せている店があった。

「これが有名な三嶋暦か」

聡四郎が足を止めた。

「三嶋暦でございますか……」

大宮玄馬が首をかしげた。

「暦師河合家が編纂した暦でな、江戸でも普通に使われておるぞ」

「はあ」

大宮玄馬が驚いた顔をした。

「暦は御上が作られるものだと思っておりました」

「そう思うのも無理はないの」

聡四郎も同意した。

暦と金は権力者が制定するものである。小判が一両で取引されているのは、幕府がそう決めているからであり、勝手に価値を変えることは許されなかった。

暦も同じである。暦を統一しておかなければ、いろいろな齟齬が生まれてしまう。一日ずれただけで、なにもかもが狂うのだ。

「朔日が違えば、大騒動だ」

聡四郎が笑った。

毎月の初め、朔日は月次登城の日であり、江戸に在している大名は、病でもなければ全員登城して、将軍に謁見する。それだけならまだいい。月次登城は朔日だけでなく、十五日、二十八日にもある。これも朔日を基準にして予定を立てるのだ。朔日が地方によって違ったりすると、大事になった。

「かの織田信長公が、京の暦に優ると言われた三嶋暦でございますよ」

売り子が大声で言った。

「ほう、それは面白い。一つ買ってみるか」

「暦ならば、お屋敷にございますが」

懐に手を入れた聡四郎を大宮玄馬が止めた。

「ただで話を聞くのも気兼ねだからな」

聡四郎は売り子に近づいた。

「一つもらおう」

「ありがとうございまする」

小銭を出した聡四郎に、売り子が丸めた暦を紐で括ったものを差し出した。

「のう、先ほど織田信長公がと言われていたが、まことかの」

暦を受け取りながら、聡四郎は問うた。

「まことも、まことでございますとも」

売り子が胸を張った。

「天正十年（一五八二）に、信長公は朝廷に対し、京の暦は信頼できぬので、三嶋暦を採択すべきと上申なされておられまする」

「なぜ、京暦は信頼できぬと言われたのだ」

聡四郎が疑問を口にした。

「その少し前に、京暦を作っていた賀茂家が断絶してしまったので、作り方が失伝してしまったらしく……」

「作り方は秘伝か」

「さようでございまする。作り方を知られるとまねされてしまいましょう」

「なるほどの」

納得したと聡四郎がうなずいた。

「よい土産話ができたわ。手間を取らせたの」

聡四郎が売り子に手をあげ、大宮玄馬たちのもとへ戻って来た。

「行くぞ」

「はっ」

止まっていた一行が動き出した。

「玄馬」

少し行ったところで聡四郎が呼んだ。

「はい」

大宮玄馬が首肯した。

「教訓にせねばならぬな。一代で秘術が絶える。継ぐべき者を作るのも一流を興(おこ)した者の責務だ」

「仰せのとおりでございまする」

聡四郎の言葉に、大宮玄馬が同意した。

「入江師の想いと技をそなたが受け継いだ」

「技は無理でございましたが」

「いや、師の技をそなたは昇華させて、一流を立てた。それは受け継ぐ以上のことである」

寂しそうに首を振る大宮玄馬を聡四郎は慰めた。

「旅を終えたならば、屋敷のなかに道場を造る」

「殿……」

前々からそんな話をしていたが、忙しい日々に紛（まぎ）れて、なかなか進んでいなかった。それを聡四郎はすると宣言したのだ。大宮玄馬が息を呑んだ。

「師からまだまだ教わることもあるしの」

「はい」

大宮玄馬が声をあげた。

二人の師入江無手斎は、無名ながら知る人ぞ知る名人であった。娶らず、弟子を育成することに生涯をかけた。

水城家の四男で厄介者だった聡四郎や、貧乏御家人の三男だった大宮玄馬が剣術を習いに通えたのは、入江道場の束脩（そくしゅう）が安かったからだ。

兄の急死で家督を継いだ聡四郎、その聡四郎に召し抱えられた大宮玄馬と立場は大きく変わったが、入江無手斎が二人の師であることに変わりはない。

だが、入江無手斎には大きな変化が訪れてしまった。修行時代の好敵手だった一伝流浅山鬼伝斎との戦いで右肘から先の機能を失い、剣術遣いを続けられなくなった。もっとも、右腕が使えなくなったとはいえ、戦いの勘などは鈍っておらず、その辺の剣術道場の主ならば、楽にあしらえるだけのものは持っている。その入江無手斎に聡四郎の妻紅が目を付けた。

「うちの人を守ってくださいな」

紅が入江無手斎を口説き、水城家の家臣というより、客分として迎えていた。

「そういえば、次に訪れる予定の、師が教えてくださった剣術遣いの方は、どこに」

ふと大宮玄馬が思い出したように訊いた。

「駿河府中だな。城下で剣道場を開いておられるようだ。一刀流木塚龍也斎先生と言われる」

「一刀流でございますか。それは楽しみでございますな」

入江無手斎がくれた書付を見た聡四郎に大宮玄馬が告げた。

四

駿河は、南を海に面し、北を峻険な山々に遮られ、東を箱根峠、西を大井川に守られた難攻不落の地である。

幼少のころ、今川家へ対する人質として辛い日々を送った徳川家康が、駿河を隠居の地として定めたのは、守るに易く、攻めるに難しい土地だからだと考えられていた。

「死してなお、吾は幕府を守る礎にならん」

家康は徳川を滅ぼす者は西から来ると考えていた。東海道を下ってくる軍勢を大井川で迎え撃ち、城で足留めし、江戸から駆けつけた軍勢が天下の険たる箱根へ布陣するだけのときを稼ぐ。

そう、駿河は江戸の犠牲となることを運命づけられていた。それほどに家康は西を怖れた。

神となり、久能山と日光に葬られた徳川家康の後をその十男頼宣が受け継ぎ、頼宣が紀州へ転じたのち二代将軍秀忠の三男忠長が領した駿河は、徳川にとって格別な場所である。

その駿河は、忠長が高崎へ流罪になるとともに幕府預かりとなり、駿府城代を長とする役人たちがその守護を担っていた。

その一人が駿府町奉行であった。

駿府町奉行は遠国奉行のなかで十位に入る格を持ち、千石高、役料五百俵、芙蓉の間詰めで、与力八騎、同心六十人、水主五十人を預けられる。無事勤めあげれば、大坂町奉行、京都町奉行へと出世していった。

駿府町奉行の任は、駿府城下の治安、行政、防災などを司る他に、東海道を行き来する旅人たちへの監察もおこなっている。もとは定員二人だったのが、五代将軍綱吉のころに一人減員され、一人だけとなっていた。

二人でも厳しかったものが、一人になった。駿府町奉行は遠国奉行のなかでも激務であった。

現在の駿府町奉行遠藤讃岐守は、五年前に目付から転じてきた。

「野辺三十郎からの書状か」

届けられた文箱を前に、遠藤讃岐守が難しい顔をした。

「あやつは目付を至上と考えておる」

大名、旗本を監察できる目付は、公明正大であることを求められる。一族であろうが、友人知人であろうが、爪の先ほどの考慮もせず、法に照らして告発する。これこそ目付であり、目付の役目への信頼になっている。そのために、新たな目付となった者は、親類縁者、友人知人と絶縁し、親兄弟の葬儀といえども参列しない。

「嫌な予感しかせぬな。余が駿府町奉行になってから、一度も連絡をしてこなかった野辺が、わざわざ駿河まで書状を送ってくるなど」

面倒だと文句を言いながら、遠藤讃岐守が封を解いた。

「……愚かな」

読み終えた遠藤讃岐守が書状を投げ捨てた。

「そなた、名はなんであったか」

書状を届けに来た徒目付小高佐武郎を遠藤讃岐守が睨みつけた。

「徒目付、小高佐武郎でございまする」

すでに書状を手渡すときに名乗っているが、目通りもできない徒目付のことなど、目付やその上の者たちは小者と同じような扱いをする。名乗りを覚えてはいない。

「中身を知っておるのだな」

「野辺さまより、伺っておりまする」

確かめる遠藤讃岐守に小高佐武郎が答えた。

「水城聡四郎を江戸へ戻さぬようというのは、駿河で亡き者にしてくれという意味と取るしかないが、まちがいないのだな」

「相違ございませぬ」

小高佐武郎が認めた。

「野辺は狂ったのではなかろうな」

「普段通りでおられたと思いまする」

あきれた遠藤讃岐守に小高佐武郎が告げた。

「はああ、上様の婿だぞ、水城は。その水城を害して、無事にすむはずはない」

遠藤讃岐守が大きなため息を吐いた。

道中奉行副役（そえやく）の水城聡四郎は、八代将軍吉宗の養女、紅の婿になる。寵臣とされる御側御用取次の加納近江守と並んで、吉宗の懐刀と言われている。

「江戸城から出ぬ目付は世間を知らなすぎる。公明正大は重要であるが、それだけで世のなかは回らぬ。身を汚せとは言わぬが、清濁（せいだく）併せ呑むくらいの器量がなければ、人の上には立てぬ」

小さく遠藤讃岐守が首を左右に振った。

「小高、そなたは受けておるのか」

遠藤讃岐守が声を低くした。

「……いいえ。わたくしはお手紙をお届けするだけでございまする」

巻きこまれてはたまらないと、小高佐武郎が強く首を左右に振った。

「それですむと信じておるのではなかろうな」

遠藤讃岐守がじろっと小高佐武郎を睨みつけた。

「……それだけしかお話をいただいておりませぬ」

なにも知らないと小高佐武郎が逃げを打った。

「余は、五年前まで三年間、目付をしていた。徒目付がどのていどできるのかは、よく知っている」

ごまかしはさせぬと遠藤讃岐守が小高佐武郎を見つめた。

「水城よりも早く駿河へ入り、余に書状を渡す。それだけであれば事情を知らぬ飛脚が便利であろう」

密事、悪事は、知る者が少ないほど守られる。

将軍の義理の息子の命を奪おうというような、ばれただけで命のなくなるような相談を、ただの飛脚役だけにするはずもなかった。

「…………」

小高佐武郎が黙った。

「なにを命じられてきた」

低い声で遠藤讃岐守が問うた。

「……讃岐守さまの指示に従えとだけ」

小高佐武郎が答えた。

「他にはなにか言ってなかったか」

「目付をなさっていた讃岐守さまならば、おわかりいただけるだろうと」

重ねられた質問に、小高佐武郎が伝えた。

「…………」

今度は遠藤讃岐守が沈黙した。

「野辺め……己は高みの見物か」

少し間を空けて、遠藤讃岐守が罵りを口にした。

「小高、わかっているな。余とそなたを野辺は捨て駒にするつもりだ」

「ではないかと考えておりました」

遠藤讃岐守の怒りを小高佐武郎が認めた。

「水城を余とそなたに殺させ、その後、我らを糾弾する」

「そこまで浅はかではないかと。ここに水城さまの任を阻害してくれと書いた書状がございますし、わたくしも証言いたしまする」

遠藤讃岐守の説を小高佐武郎が否定した。

「よく読め」

放り出していた書状を遠藤讃岐守が小高佐武郎へと投げた。

「拝見……」

「わかったか、署名がなかろう」

遠藤讃岐守が吐き捨てた。

「……ございませぬ」

小高佐武郎も唖然としていた。

「署名のない書状を送りつける。これが飛脚ならば、端から相手にせぬ。しかし、持って来たのが徒目付ならば……」

「そのためもございましたのか」

ただの使いではないとわかっていたが、署名代わりまでさせられているとは小高佐武郎は考えていなかった。

「どういたしましょう」

　小高佐武郎が混乱した。

「水城を襲うなどできるはずはない。そんなまねをしてみろ、身の破滅だ。吾が身だけですまぬぞ。上様の怒りを買うのだ。一族まで罪は及ぶ」

　庶民の連座は廃止した吉宗だが、武家のものは続けている。これは庶民に謀叛(むほん)という罪がないからだ。対して、武家には下克上、いわゆる謀叛がある。謀叛は武家の根本である忠義を揺るがす重罪だけに、一人が死んだだけで終わらない。謀叛を起こせば、赤子であろうが女であろうが、磔獄門(はりつけごくもん)にされるという見せしめの意味で、連座は残されていた。

「それは……」

　小高佐武郎も絶句した。

「そなたにも親兄弟、妻や子はおるであろう」

「おりまする」

「家も大事だな」

「もちろんでございまする」

　百俵ほどの貧乏御家人とはいえ、なにもなければ子々孫々まで受け継げるのだ。

贅沢なんぞ夢のまた夢だが、なんとか親子で喰っていける。それを捨て去るのはもったいないうえ、なにより先祖が命がけで得た報奨である禄を失うわけにはいかなかった。

「水城に手出しはできまい」

「できませぬが……それではわたくしが江戸へ帰れませぬ」

遠藤讃岐守に賛同した小高佐武郎だったが、泣きそうな顔をした。

目付に命じられたことを果たさなかった徒目付、それもどう考えても表沙汰にできない指図である。まちがいなく小高佐武郎は、口封じされる。

「……見捨てるのも寝覚めが悪いの」

少し思案した遠藤讃岐守が小高佐武郎を見た。

「野辺を売る」

「お目付さまを……どなたに」

遠藤讃岐守が口にした。

小高佐武郎が目を剝いた。

「上様にだ」

「……っ」

聞いた小高佐武郎が絶句した。

「どうやって、上様に」

小高佐武郎が問うた。

将軍に会うには、いろいろな手続きが要った。いきなり登城して、目通りを願って許されるのは、目付だけであった。その他の者は、あらかじめお城坊主を遣って御側御用取次へ届け出て、その許可をもらわなければならない。

「どのような理由で目通りを願うか」

御側御用取次は、忙しい将軍に無駄な目通りを避けさせるのが仕事である。内容を告げない限り、決して取り次いでくれない。

「余は駿河を離れられぬ」

かつては二人定員であった駿府町奉行だが、今は一人になっている。江戸に行くのでしばらく留守にするとは、いかなかった。

「では、誰が」

「そなたは無理だな」

怪訝な顔をした小高佐武郎に、遠藤讃岐守がため息を吐いた。

鷹狩りあるいは、御成りなどで江戸城から出ているときならば、目通りのかなわない御家人が将軍に近づき、声をかけてもらえるときもあるが、城中では絶対にあり得なかった。

将軍は、小姓(こしょう)、新番(しんばん)、小納戸(こなんど)などの旗本に囲まれ、厠(かわや)へ行くときでも決して一人にはならないのだ。

「無理どころではございませぬ」

小高佐武郎が強く首を横に振った。

五

「水城さまにお報(しら)せするというのは」

小高佐武郎が提案した。

駿河に来る聡四郎は、慣例として駿府城代に挨拶をしにくる。もちろん、表敬訪問で、聡四郎が格下になるため、駿府城代ではなく用人の場合もあるが、そのとき、駿河に在番している駿府定番(じょうばん)や駿府町奉行も同席することはできた。

「それも一つの手だが……書状によると水城は道中奉行副役として街道を見回っておるのだろう。少なくとも京まで行き、江戸へ戻るとあれば二十日近くはかかる。

それでは遅すぎよう。駿河でことがなされなかったと野辺が知ったら、どう出るか。少なくとも、そなたは江戸へ帰れまい」

「…………」

遠藤讃岐守が述べ、小高佐武郎がふたたび黙った。

「余も同じだ。野辺の企みを知っていながら、従わなかった。野辺にとっては、都合が悪すぎる。証拠となるものはなくとも、知っている者がいる。それだけでも恐怖だろう。公明正大たる目付が、己の権益を守るためとはいえ、旗本を害そうとしたのだ」

「讃岐守さまにも、なにかしらの……」

「ああ。やりようはいくらでもあるからな。駿府町奉行に利権がないわけではない。城下の商家などからの付け届け、参勤交代の行列からの挨拶とか……」

質問された遠藤讃岐守が答えた。

「お断りにならないのでございますか」

目付は親戚との付き合いも断つほど厳格であった。その目付から駿府町奉行へ移動した遠藤讃岐守が付け届けや挨拶の品を受け取ると言ったことに小高佐武郎が驚いた。

「断るのは簡単だ。付け届けもさほどの金額ではないし、挨拶としてもらう品も別段なくとも困らぬ。しかし、これは慣例なのだ。余がこれらを断れば、次の駿府町奉行ももらえなくなる。皆払わなくてよいと思うからな」

「なるほど」

「だが、それ以上に問題なのが、駿府町奉行所付きの与力、同心どもだ。徒目付のそなたを前に言うのもなんだが、与力、同心は薄禄だ。与力で八十俵、同心は三十俵ほどでしかない。江戸に比べてものの値段が安い駿河府中とはいえ、生きていくのにぎりぎりだ。そんな与力や同心が、なんとか一息つけているのが、城下の商家からもらう付け届けよ。それを余が拒めば、その者たちも受け取れまい」

「たしかに」

上司が要らないといったものを、配下だけが受け取るということはできなかった。

「新しい上司のおかげで、生活が厳しくなった。娘の嫁入りに着物を作ってやれぬ。母の病に薬を買ってやれぬ。非番の日に楽しんでいた酒が月に一度になる。腹立たしいわの。となれば、面従腹背（めんじゅうふくはい）になろう。やる気のない配下どもで、駿府町奉行としての役割が果たせるわけはない。そちらこそ金を受け取るよりもまずい」

「まさに」

小高佐武郎も納得した。

「ですが、よくご決断なさいました」

目付としては厳禁の賄賂を、受け取っていると告げた遠藤讃岐守に小高佐武郎が感嘆した。

「目付を生涯の役目だと思っていなかったからの」

遠藤讃岐守があっさりと言った。

「千石に満たぬ小旗本で算盤が使えない者の出世は難しい」

なんともいえない顔で遠藤讃岐守が話し始めた。

戦がなくなれば、武は不要になる。代わって内政が重要になる。その内政の中心ともいうべき勘定方は、あるていどの出自は要るが、それ以上に能力を重要視されている。有能であれば、御家人の勘定方からお目見えの勘定組頭、勘定吟味役へと出世できる。三十年以上かかるとはいえ、場合によっては勘定奉行にまであがることもあった。

対して、武士の表芸を職務とする番方は、役目が形だけのものとなったため、より格式にこだわってしまった。

「五百石くらいで出世を願うならば、目付になるのが早い。目付は旗本の俊英から選ばれる者で、千石高と言いながら、それ以下でも就任できる」

「はい」

小高佐武郎たち徒目付は、上司になる目付のことを調べる。どのような家柄で、どういった出世をしてきたか、性格はもちろん、家族のことまでできるだけ探るようにする。でなければ、どこで叱られるかわからないからだ。

おかげで目付のほとんどは六百石ていどの旗本で、就任することで千石になったと知っていた。

「目付になった者は、その後、遠国奉行へ出されることが多い。江戸城を肩で風切っていたときの反発を避けるため、ほとぼりがさめるまで離すといわれていて、本当かどうかは知らぬが……余も駿府町奉行になって気付いた。ほとぼりをさますというより、目付として金科玉条のごとく信じていた規律が、実態にそぐわぬものだと知らせるためなのだ」

「実態にそぐわぬ。それが賄賂だと」

「賄賂と言うな。挨拶とか合力とか言え」

小高佐武郎の言いかたを遠藤讃岐守が咎めた。なにせ、己も受け取っている。それを徒目付に教えたのだ。下手をすれば罪に落とされかねない。

「失礼をいたしましてございまする」

あわてて小高佐武郎が詫びた。

「わかればよい。そのあたりの気遣いができぬようでは、なかなか引きあげてもらえぬぞ」

遠藤讃岐守が苦言を呈した。

「重々、心いたしまする」

小高佐武郎が身体を小さくした。

旗本、それも千石をこえる名門ともなれば数も少ないし、いろいろなところに伝手がある。妻や母の実家、娘の嫁ぎ先などが数千石から一万石の大名までとかなり影響力があるところになる。

したがって、よほどの悪評でもないかぎり、家督を継いだならば役付きの話は来る。が、百俵前後の御家人となれば、数は多いうえに、伝手もさほどではなかった。

まず、妻や母の実家、娘の嫁ぎ先が当てにならない。幕臣には目見え以上、目見え以下で大きな隔たりがあり、よほど娘が見目麗しくなければ、御家人の娘が旗本へ嫁ぐことはなく、なにかしらの傷でもなければ、旗本の娘が御家人と婚姻することはなかった。

つまり、御家人には、端から縁故での出世はまずありえない。運良くなにかの役目に就けても、そこから先へはほとんど進めなかった。

その御家人が、唯一出世の糸口として期待するのが、上司であった。

「なかなか有能である」

「気遣いのできるうい奴じゃ」

仕事振りを評価してもらったり、普段から心遣いをして名前を覚えてもらったりしなければ、まず旗本から見ての御家人は、路傍の石同然なのだ。

そのことを遠藤讃岐守は言っていた。

「まあよい。そなたと余は一蓮托生になってしまったのだ。余が無事であるかぎり、そなたを引きあげてくれよう」

「かたじけなき仰せ」

小高佐武郎が強く感謝した。

「余はな、駿府町奉行で終わるつもりはない」

遠藤讃岐守が本音を語り出した。

「旗本のなかの旗本といわれた目付であったのだ。御上の役職のどれがよく、どれがあまりよろしくないかを知っている」

「…………」

「駿府町奉行は悪くはないが、さほどよくもない。たしかに駿府町奉行を無事に終わらせれば、大坂町奉行、京都町奉行への出世はある」

黙って聞いている小高佐武郎に、遠藤讃岐守が語った。

「大坂町奉行、京都町奉行は、江戸町奉行や勘定奉行への前職ともいわれる垂涎の役目だが、激務すぎる。知っておるか、大坂町奉行など東西合わせて出世して大坂を離れた者より、在任中に死んだ者、咎めを受けて失職した者のほうが多いのだぞ」

「……それはっ」

徒目付がかかわるのは、御家人の就ける役目で、遠国奉行のことなど気にもしていない。小高佐武郎が絶句した。

「そんなところに行かされては困る。余はな、駿府町奉行の次は江戸に戻りたいのだ。江戸へ戻って小納戸頭取になりたいと思っておる」

小納戸頭取は将軍の身のまわりの世話をする小納戸をとりまとめる役目で、役高は千五百石、若年寄支配で定員は四人とされていた。

「小納戸頭取も駿府町奉行も同じ千五百石高で諸大夫だがな、大きく違う。小納戸頭取は上様のお側にお仕えするだけに、目に留まりやすい。今の上様は、己が気に入った者を引きあげられる。加納近江守どのしかり、そして水城聡四郎しかりだ。加納近江守どのなど、紀州で千石だったのが、今や万石の大名であり、その権勢はご老中さままでも遠慮するほどだ」

吉宗が新設した御側御用取次は、その名の通り、将軍への目通りを願う者を仲介するのが仕事である。

「このような用件、上様にお聞かせできませぬ」

当然、目通りの内容を詳しく聞き、場合によっては拒むこともある。

いかに老中といえども、将軍に会えなければ、その権力の振るいようがない。

「躬は知らぬぞ」

吉宗の許可なく、なにかしたときは、誰の庇護（ひご）も受けられなくなる。どころか、将軍の機嫌を損ねたとなり、老中を辞めさせられることもあり得た。

「出自ではなく、能力で引きあげて下さる。こんな機会はまたとないぞ。今でこそ一千五百石だが、もとは六百石だったのだからな、遠藤家は」

「二倍以上の禄に」

小高佐武郎が感嘆した。

「しかし、今まではここで終わっていた。そこに上様だ。遣える者は遣う。酷使はされようが、相応以上の待遇をいただける。出世の好機だろう」

「はい」

小高佐武郎が同意した。

「しかし、余が遣えることを知っていただかねばならぬ。知らなければいないと同じなのだ。そして、江戸から遠い駿河で町奉行をしている者のことなど、上様はご存じない」

「…………」

肯定も否定もしにくい。小高佐武郎が黙った。

「余ができると知ってもらうには、江戸に戻り、上様の目に留まるところで働かねばならぬ」

「なるほど」

小高佐武郎がうなずいた。

「ゆえに、今回のことは、僥倖(ぎょうこう)であった。どう考えても接点のない上様と余を繋(つな)いでくれる。間に加納近江守どのが入るとはいえ、上様の耳に余の名前は届く」

「たしかに」

「そなたの役目、わかったであろう」

納得した小高佐武郎に遠藤讃岐守が確認した。

「野辺三十郎の悪事を伝えるとともに、讃岐守さまのことを加納近江守さまにお伝えする」

「そうじゃ、そうじゃ」

敬称を取った小高佐武郎に、遠藤讃岐守が満足げに首を上下させた。

「うまくやれ。余が小納戸頭取になるか、あるいは別の役目でも江戸へ戻れたときには、きっとそなたを引きあげてくれる。お目見え以上にはなれるようにな」

「お目見え以上……」

遠藤讃岐守の言葉に小高佐武郎が息を呑んだ。

御家人にとって、お目見え以上になれるというのは、先祖代々の憧れで、届かぬ夢である。それを遠藤讃岐守は条件付きとはいえ約束してくれた。

「全力を尽くしまする」

小高佐武郎が強い語調で引き受けた。

第二章　駿河の城下

一

駿河府中は五十万石の城下町として造られた。東海道では、御三家尾張に次ぐ規模を誇り、宿場の中心にある駿府城が、その威容を見せつける。

「何度見ても見事なものでございまする」

大宮玄馬が駿府城を見上げて感激した。

「神君家康さまの居城であっただけのことはあるの」

聡四郎も大宮玄馬と同じ気持ちであった。

「惜しむらくは……」

ふと聡四郎が目を上に向けた。

「……天守閣がないことだな」

「はい」

大宮玄馬もうなずいた。

駿府城の歴史は古い。もっとも今のような城の形を取ったのは徳川家康からであった。海道一の弓取りといわれた今川氏の居館、今川館があったのを、天正十三年（一五八五）に家康が廃止、駿府城を建てた。

家康が江戸へ封じられたことで駿府城は、豊臣秀吉の家臣中村一氏の居城となったりしたが、関ヶ原の合戦で家康が勝つと、ふたたび徳川のものとなった。

後、家康の隠居城となったが、慶長十二年（一六〇七）に全焼してしまう。ただちに再建され、家康が死ぬまで居城であり続けたが、その後は数奇な運命に翻弄された。

まず、家康から駿府城を譲られた十男頼宣を二代将軍秀忠が疎んじ、紀州へ追いやった。

その後、弟から取りあげた駿府城を三男忠長に与えた秀忠だったが、因果は巡るとばかりに、三代将軍家光によって奪われる。

じつに二度続けて、将軍たる兄によって、弟は駿府城を取りあげられた。

忠長の自刃によって駿府城は幕府の管理下になり、駿府城代がおかれるようになった。その駿府城が、寛永十二年（一六三五）、城下の大火によって延焼、建物の多くを失った。

「城主がおらぬならば、不要である」

三代将軍家光の寵臣、老中首座松平伊豆守信綱は駿府城を再建させたが、天守閣は造らせなかった。

「江戸城にも天守閣はない。それを思えば、駿府城になくともふしぎではないのだがな」

聡四郎は小さく首を左右に振った。

江戸城は四代将軍家綱の御世に起こった明暦の大火でそのほとんどを焼失、天守閣も焼け落ちていた。そして、やはり松平伊豆守の指示で再建はなされていなかった。

「神君家康さまのお城というだけで、なにかな」

「さようでございます。やはり、天下を取られた家康さまがお上りになられた天守閣というのを拝見したく存じまする」

大宮玄馬も惜しんだ。

「江戸城の天守閣は家康さまのものではないからな」

小さく聡四郎はため息を吐いた。

江戸城を造ったのは徳川家康であり、天守閣も設けられた。だが、その天守閣は二代将軍秀忠によって破壊され、別の場所へ新たに築かれた。さらに二代将軍秀忠の天守閣は、三代将軍家光によって壊され、また新しくなった。明暦の大火で焼けたのは、この三代目であった。

「無駄金……か」

勘定吟味役をやっていた聡四郎である。天守閣を建てるにどれだけの費用がかかるかくらいはわかる。それこそ、幕府の金蔵を空にしても足りない。なにせ、天下の将軍の居城、それを代表する建物である。どこの天守閣よりも大きく、立派で、豪奢(ごうしゃ)でなければならないのだ。しかし、それだけの金を費やしても、見合うだけの効果は認められなかった。

「天下を圧倒するであろうが……」

威容を天下に見せつけ、徳川への畏怖(いふ)は植え付けられるだろうが、それもしばらくの間でしかない。

人というのは慣れるものだ。どれほど立派な天守閣であろうとも、毎日見ていると当たり前になってしまう。極論だが、庭に生えている松の木と同様になるのだ。威圧というのは、為政者には必須であるが、毎日していては慣れてしまう。ここぞというときに出すからこそ、相手を萎縮させられる。

泰平における天守閣は、戦国のそれに比べて効果が薄かった。

「旦那さま、宿を取って参りました」

傘助が聡四郎のもとへと報告に来た。

「本陣小倉平左衛門（おぐらへいざえもん）が空いておりましたので、そちらにいたしましてございまする」

「ご苦労であった」

聡四郎がねぎらった。

駿河は徳川家の支配地である。道中奉行副役という役目で来ている限りは、それだけの格式を見せつけなければならない。

「明日、ご城代青山信濃守（あおやましなののかみ）さまのもとへご挨拶に出る」

「先触れをいたしておきまする」

聡四郎の言葉に、大宮玄馬が応じた。

「頼む」

駿府城代は旗本役だが、江戸における大目付、留守居と並んで最高位の役目とされている。前もって話を通しておかなければ、同じ役人とはいえ失礼になる。大宮玄馬を行かせて、聡四郎たちは本陣に入った。

小高佐武郎は、聡四郎たちの行動を駿河府中に入ったときから見張っていた。

「冗談ではないぞ。水城さまはまだしも、あの従者の隙のなさは一流の道場の主に匹敵する。勝てるわけない」

武芸に秀でているからこそ小高佐武郎は、聡四郎と大宮玄馬の実力に気づいた。

「ご報告せねばの」

聡四郎たちが本陣小倉平左衛門へ消えたのを確認してから、小高佐武郎は駿府町奉行所へと向かった。

駿府町奉行所は大手門を出たところにある。

「どうであった」

「見て参りましたが……」

待っていた遠藤讃岐守に、小高佐武郎が告げた。

「そこまで強いと」

「とうてい、わたくしでは敵いませぬ。そのあたりの剣士を集めたところで、十人やそこらでは勝負にもなりますまい」

小高佐武郎が首を横に振った。

「……よかったな。敵対せずに」

遠藤讃岐守が安堵していた。

「駿河府中は、東海道の宿場では大きな城下だが、それでも江戸に比べれば、人は少ない。なにより武士がいない。慶安のことがあり、浪人は許されぬ」

慶安のこととは軍学者由井正雪が企んだ幕府転覆の一件である。三代将軍家光の死で幕府が動揺している隙を狙い、由井正雪は浪人を糾合し、江戸、駿河、京、大坂で挙兵しようとした。幸い、同志の裏切りで、挙兵の寸前に露見し、ことは世間を少し騒がせたていどですんだ。

そのとき、由井正雪は家康の墓地の一つ久能山を襲うとして駿河府中に滞在していた。捕縛の気配を感じ、由井正雪は宿で自害して果てたが、同行している浪人のなかには抵抗した者も少なからずいた。

「神君家康公の眠りを妨げるなど論外である」

由井正雪の暴挙を幕府閣僚たちは重く見た。

「駿河に浪人の滞在は好ましからず」

さすがに禁じることはできないが、できるだけ浪人は城下に留め置かないように しろとの指図が出た。

「戦える者の数は少ない。まさか、駿府城代さまや定番(じょうばん)さまの家臣を駆りだすわけにはいかぬであろう」

駿河府中にいる武家は、駿府城代らの家臣と駿府在番の大番組士などの幕臣だけであった。

まさか、目付から相談されたからといって、旗本、御家人に聡四郎の刺客をさせることなどできるはずもなかった。

「では、当初の予定通りに」

「ああ、早速江戸へ戻れ」

確認する小高佐武郎に、遠藤讃岐守がうなずいた。

翌朝、聡四郎は駿府城代青山信濃守幸豊(よしとよ)のもとを訪れた。駿府城代の役屋敷は、大手門を入ってすぐの右側にあった。

「道中奉行副役、水城聡四郎でございまする」

「信濃守である」

聡四郎の名乗りを青山信濃守が鷹揚に受けた。

青山信濃守は、明暦二年（一六五六）の生まれで、書院番頭、小姓組頭などの将軍近侍を務め、三十九歳のおり伏見奉行として江戸を離れた。その後、元禄九年（一六九六）に駿府城代になった。

青山信濃守は五代将軍綱吉を皮切りに、家宣、家継、吉宗と四代にわたって仕える老練な役人であった。

「道中奉行副役は、上様が新設されたものだそうだな」

「……はい」

まだ命じられてから、さほどの日は経っていないのに、すでに経緯を知っている青山信濃守に、聡四郎は緊張した。

「安心いたせ。余は上様に従う者だ」

少し身体に力の入った聡四郎に、青山信濃守が声をかけた。

「……はっ」

聡四郎は応じたが、緊張を解いてはいなかった。

「口だけでは信じられぬであろうな。柳沢美濃守どの、紀伊国屋文左衛門、御広敷伊賀者、伊賀の郷の者、天英院さまと、敵ばかりであったろうからの」

「それはっ」

今度こそ、聡四郎は絶句した。

「遠国勤務はな、江戸城にいるよりもはるかに耳をそばだてておかなければならぬのだ。城中の変化を知らねば、いつ火の粉が飛んでくるかわからぬだろう」

青山信濃守が、驚く聡四郎に答えた。

「心配するな。失脚せぬための用心じゃ。余はこれ以上の出世を期待しておらぬ」

警戒を強めた聡四郎に、青山信濃守が手を振った。

「これ以上の出世とは……」

「大名になれるかと思ったのだ。少し前まではな」

問うた聡四郎へ、青山信濃守が苦笑した。

「順風満帆だったからの、余は。小姓組頭から伏見奉行へと転じ、そこから駿府城代へとのぼった。駿府城代は旗本の上がり役だ。若くしてこの役に就いた者は、やがて大名へと加増される。そう信じていた」

「……………」

「だが、駿府城代になって知ったわ。余の前任者のすべてが駿府城代で終わっている。それぞれ駿府城代になるときに加増を受けてはいるが、そこまでなのだ。駿府城代が旗本役となって以来、誰も諸侯には列していない。先々代の松平豊前守どのが、二千石の加増を受けて九千石になった。これが最高だ。もっとも豊前守どのはもともと七千石だったからな、三千石だった余ではとても届かぬ。まあ、二度のご厚恩で五千石になれただけで十分じゃ。下手に欲をかいて高転びしては元の木阿弥じゃ」

疲れたような顔で青山信濃守が語った。

「ゆえに余は上様のお怒りを買うようなまねをせぬ。つまり、そなたの邪魔はせぬということだ」

「はあ」

述べる青山信濃守に、聡四郎は気の抜けた声を出した。

「いつまで駿河におる。見たいのならば、城中見学を許すぞ」

青山信濃守が聡四郎に言った。

「訪ねてみたいところもございますので、三日ほど城下に滞在をいたそうかと」

「城内は見ずともよいか」

答えた聡四郎に青山信濃守が確認した。

「畏れ多いことでございますれば」

「ふふふ」

断った聡四郎を見た青山信濃守が笑った。

「慎重なことだ」

「…………」

聡四郎はなにも言わなかった。

「神君家康さまの居城、旗本ならば誰でも一度は拝見したいだろう。その好機をそなたは断った。ご老中さまでさえ、駿府城のなかを見られたお方はない。それを千石たらずの旗本がしてのけたとなれば、不遜との誹りは避けられまい」

「信濃守さまをご信頼いたしておりまする」

「言いわけをせずともよい。余は外へ漏らさぬ。だが、駿府城には、吾が配下だけで与力十騎、同心五十人おる。駿府定番、駿府町奉行の配下などを入れれば、百という他人目がある。その誰かが江戸へ告げぬとは限らぬ」

「恐ろしいお方だ」

聡四郎は額に汗を掻いていた。

「役人を何十年と続けるというのはな、こういうものなのだ。役人であり続けるというのはの、人であるより、化け物に近くなる。権力という足の引っ張り合いのなかで生き続けていくうちにの」

青山信濃守が感情の抜けた笑みを浮かべた。

「では、もう帰れ。余はそなたの邪魔をせぬが、他の者までは知らぬぞ」

「ご忠告かたじけなく」

面談は終わったと告げた青山信濃守に、聡四郎は深々と頭をさげた。

二

本陣へ帰ってきた聡四郎の疲弊(ひへい)した姿に、大宮玄馬が慌(あわ)てた。

「殿、ご体調でも……」

「大事ない。ちと疲れただけだ」

聡四郎は両刀を腰から離すと、大宮玄馬へと渡した。

「なにかございましたか」

両刀を床の間の刀掛けへ置きながら、大宮玄馬が尋ねた。

「いや、長く役人を務めるということの困難さを知っただけだ」

まさか青山信濃守のことを歳経た狐だと評するわけにもいかない。聡四郎は大宮玄馬に、曖昧な言葉でごまかした。

「はあ……」

大宮玄馬が微妙な表情をした。

「そういえば、木塚龍也斎先生の道場はどこかわかったか」

話を聡四郎は変えた。

「はい。ここから少し歩いた町屋のなかにございまする」

「町屋にか」

聡四郎が驚いた。

駿河府中で剣道場を開くとあれば、弟子となるのは城代以下の家臣や、駿河在住の与力、同心になるはずであり、そうなれば城からあまり遠いと不便になる。

「外から拝見しただけでございますが、どうやら町人が多いように見えましてございまする」

「ほう」

大宮玄馬の報告に、聡四郎が声をあげた。

「入江道場のような雰囲気か」

聡四郎が身を乗り出した。

貧乏道場として名を馳せていた入江道場に、まともな武士はまず来なかった。来るのは束脩が安いことを期待している貧乏御家人か、浪人、町人であった。

「もう少しましでございまする」

「まし……か」

大宮玄馬と聡四郎が顔を見合わせて笑った。

「よし、行くぞ。猪太、傘助、今日は一日好きなようにしておれ。ただし、酒と博奕は禁じる」

道場へ連れて行っても意味のない小者二人に、聡四郎は休みを与えた。

「へい」

二人を代表して、傘助がうなずいた。

駿府城を中心に広がった城下が府中である。聡四郎と大宮玄馬は、大手門から海の方へと進み、路地を二つ曲がって目的の木塚道場へと着いた。

「御免候え」

玄関で聡四郎が声をあげた。

「どうれ」

なかから応対が聞こえ、若い弟子が顔を出した。

「拙者、幕府家人水城聡四郎と申す。木塚先生にお目もじをいただきたく、参上つかまつった」

「しばし、お待ちを」

若い弟子があわてて奥へと引っこんだ。旗本の来訪を門前払いにできるはずはなく、すぐに若い弟子が戻って来た。

「どうぞ、おあがりを」

「御免」

「失礼いたしまする」

聡四郎と大宮玄馬が道場へと入った。

「道場の主、木塚龍也斎でござる」

上座ではなく、道場の中央に立って、木塚龍也斎が二人を待っていた。

「水城でござる。こちらは家士の大宮玄馬」

道場の敷居前で一礼して、聡四郎は名乗った。

「どうぞ、お入りくだされ」

木塚龍也斎の招きを受けて、聡四郎はなかへと足を踏み入れた。

先日訪れた小田原の阿川道場は、そのような格式など気にせず、阿川一竿から二人を誘ってきた。そのためなし崩しに道場へ入ったが、これは礼儀に反していた。

「お初にお目にかかりまする。一放流を学んでおります。木塚先生のご剣名を伺い、是非お稽古を拝見させていただきたく、まかりこしましてございまする」

道場の敷居際に一度座った聡四郎が敬意を示した。

「一放流とは、また珍しい流派をお学びのようでございますな」

旗本相手である。約束もなく押しかけたとはいえ、旗本相手となれば、相応な対応をしなければならない。木塚龍也斎がていねいな口調で応じた。

「入江無手斎のもとで修行をいたしております。一度、木塚先生のもとにお邪魔したと」

「……入江……よく旅の剣士どのが参られるので……」

少し考えて、木塚龍也斎が思い当たらないと首を左右に振った。

「…………」

大宮玄馬が眉をひそめた。

師への尊敬の念が感じられなかった。ただ、袖をすり合わせただけの他人ていどに扱われた。

「なにか、ご存じではございませぬか」

かつての聡四郎ならば、大宮玄馬とともに顔色を変えていただろうが、御広敷用人として大奥女中と渡り合ってきたのだ。顔に感情を出さないくらいは、容易にできた。

「慣例どおり、手合わせはしたと思う。勝ち負けは覚えておらぬがの」

ちらと道場の壁際に並ぶ弟子たちに目をやりながら、木塚龍也斎が印象薄いと述べた。

「それは残念でございました。師の修行時代のことをお聞かせいただけるかと思いましたが……」

「申しわけないが、なにぶん古いことゆえ、お話しできるほどのことは覚えておらぬ」

木塚龍也斎が軽い詫びをした。

「いえいえ。折角参りましたので、お稽古を拝見しても」

「どうぞ、ご覧くだされ。上座へどうぞ」

聡四郎の求めに、木塚龍也斎が首肯した。

「殿……」

上座へ並んで腰を下ろした大宮玄馬が不満そうな声を出した。

「稽古を見るまで待て」

聡四郎が大宮玄馬を宥めた。

「では、一同、始め」

道場の中央で木塚龍也斎が控えていた弟子たちに合図をした。

「おう」

「やああ」

蟇肌竹刀を弟子たちが振り回した。

「そこ、もう一歩踏みこめ。ああ、おぬしは相手をもっと見てから動け」

木塚龍也斎が弟子たちに指導をした。

「……殿」

あきれたような声を大宮玄馬が出した。

「ありきたりの町道場だの。いたしかたあるまい」

聡四郎は納得した。

「しかし、このていどの者に、師を軽く……」

「控えろ、玄馬。ここは木塚先生の道場だ。どのようになさるかは、木塚先生の胸三寸である」

怒る大宮玄馬を聡四郎は抑えた。

「あの足運び……木場の木材運びでももう少しましでございまする。腰が動くたびに上下いたしております。あれでは、一撃が軽くなりましょう」

大宮玄馬が木塚龍也斎の動きをあげつらった。

「ときの無駄でございましょう」

「……ひとしきりで帰ろう」

聡四郎も同意した。

辺りに聞こえないよう声を潜めていても、上座の見学者が話していればどうしても周囲の興味を引く。

「先生」

稽古をしていた町人が、稽古を中断して木塚龍也斎へ声をかけた。

「どうした、伊蔵」

木塚龍也斎が応じた。

「是非、お客人に一手ご教示をいただきたいのでございますが」

伊蔵と呼ばれた弟子が願った。

「お客人にか……」

木塚龍也斎が少し考えた。

「そなたが相手を務めるのか」

「……………」

問われた伊蔵が無言で肯定した。

「……いや、吾が道場は他流試合を禁じておる。それは認められぬ」

木塚龍也斎が拒んだ。

「ですが、それではお客人の技量がわかりませぬ。なにやら、先ほどからこそこそと我らの稽古を批評なさっておられるようでござるが、他人のことを言えるほどの腕があるのかどうかを確かめさせていただきたい」

しつこく伊蔵が食い下がった。

「いや、何を言おうとも他流試合はならぬ。おぬしたちはまだ修行の身。一刀流の型を学んでいる最中である。そのとき他流と試合をすれば、みょうな影響を受けかねぬ」

正論をもって木塚龍也斎が駄目だと言った。

「殿」

大宮玄馬が聡四郎を見つめた。

「……このままでは、帰りづらいか」

聡四郎もうなずいた。

「木塚先生、よろしければ、我ら二人の稽古を見ていただければ」

「むうう。それならば他流試合にはならぬか」

申し出に木塚龍也斎が悩んだ。

「泰平の世で、あまり剣術を遣う場面はござらぬが、他流の動きを知っておくのもよろしいかと」

「先生、是非に見せていただきたく。なあ、みんな」

「そうだ」

告げた聡四郎に伊蔵が乗っかり、誘われた弟子たちが賛同した。

「……よろしかろう。お願いをいたしましょう」

木塚龍也斎が認めた。

「お道具をお借りいたしまする」

「余っているものならば、どれでもお遣いくだされ」

頼んだ聡四郎に木塚龍也斎が認めた。

「一同、場を空けよ」

木塚龍也斎の指示で、弟子たちが壁の羽目板際へと控えた。

「玄馬」

「はい」

蟇肌竹刀を手に、聡四郎と大宮玄馬が道場中央に出た。

「模範試合をしていただく。一同、よく見ておくように。では、お願いいたそう」

木塚龍也斎が開始を宣した。

「始めるぞ」

「お願いをいたしまする」

聡四郎の合図に、大宮玄馬が一礼した。

「参りまする」

大宮玄馬が足を踏み出した。

剣術の腕でいえば大宮玄馬が上になるが、聡四郎は主君である。格下から動くのが礼儀という剣術の慣例には反するが、世間の常識には沿う。

「おうや」

聡四郎も青眼の体勢を変化させた。

一放流は鎧武者を一刀両断するのが極意になる。地に着けている足の裏から、両肩に至るまでの力を凝縮させ、必殺の一撃を放つ。

そのため、少し変わった構えを取った。

踏み出し足を半歩前にして、残した足に全体重を乗せる。太刀を左肩に担ぐようにして、峰を肩に置く。全体的に見れば、重心を後ろにして腹を突き出すようにするため、へっぴり腰に見えた。

「なんだ、あの構えは」

「祭りの裸踊りのようじゃ」

見ていた弟子たちが嘲笑した。

「ふん、構えからなってない」

伊蔵も笑った。

「ぬん」

大宮玄馬が地を蹴った。そのまま竹刀をまっすぐに突き出してきた。

「疾い」

「えっ」

弟子たちが大宮玄馬を一瞬見失った。

「なんの」

聡四郎は大宮玄馬の突きを右に体を開いてかわした。

「やああ」

突き出した竹刀をそのまま大宮玄馬が薙ぎに変えてきた。

「おうや」

薙ぎは大きな円を描くように来る。さすがにかわしきれないと聡四郎は担いでいた竹刀で撃ち落とした。

「今の音は……風切りか」

聡四郎の一撃は全身の力が込められている。竹刀とはいえ、その威力は十二分であり、音を立てて大宮玄馬の竹刀へとぶつかった。

木塚龍也斎が呆然とした。

「なんの」

そのまま竹刀を持って行かれるのを嫌った大宮玄馬が後ろへ跳んで間合いを空け直した。

「……………」

息を吐かせぬ攻防に、弟子たちが黙った。

「あのていどならば、たいしたことはない」

一人伊蔵だけが気を吐いていた。

「しゃあ」

大宮玄馬が膝を深く曲げ、腰を落としながら前へ出てきた。

下段から上段へと伸びる一撃は、大宮玄馬の得意とするところであり、入江無手斎をして一流を立てるにふさわしいとまで言わせた小太刀向きの技であった。

「ぬうう」

聡四郎は先ほどの迎撃で下に降りていた竹刀を振って応じた。

「せいやっ」

竹刀同士が絡んだ瞬間、大宮玄馬の切っ先が伸びた。

「……くっ」

わかっていても避けられないのが、必殺技というものだ。大宮玄馬の一刀は、聡四郎の竹刀を巻きこむようにしてはじき、そのまま下腹へと触れた。

「参った」

聡四郎は敗北を宣し、後ろへ引いた。

「かたじけのうございまする」

触るだけで、主君の身体に傷を負わせることなく勝利した大宮玄馬も竹刀を下げた。

「……一本、それまで」

二人が竹刀を納めて、ようやく木塚龍也斎が審判としての役目を思い出した。

「拝借いたした」

「ありがとう存じまする」

聡四郎と大宮玄馬が竹刀をもとの位置へ返した。

「では、これにて。お暇（いとま）するぞ、玄馬」

「はい」

木塚道場への興味を失った聡四郎と大宮玄馬が、一礼して背を向けた。

「奥で一献……」

「お役目の途中でござれば」

誘う木塚龍也斎へ手を振って、聡四郎は道場を出た。

「先生、先生」

弟子が呆然としている木塚龍也斎を呼んだ。

「あの一撃、思い出した。あのときの浪人が、入江だったのか」

木塚龍也斎が思い出した。

「もう三十年も前だな。まだ道場を持ったばかりだった儂のところに諸国回行の途中だと立ち寄ってくれた。開けたばかりでまだ弟子のいなかった儂と朝から晩まで稽古をしたな。忘れてしまった」

懐かしそうに木塚龍也斎が呟いた。

「先生、いかがなされました」

業を煮やした弟子が、木塚龍也斎の身体を揺すった。

「おおっ」

木塚龍也斎が吾に返った。

「さあ、稽古を再開するぞ」

手を叩いて、木塚龍也斎が日常への復帰を告げた。

「はい」

「……過去はもう要らぬ。生きて行くには今日だけあればよい。これも剣の極意だ」

散っていく弟子を見ながら、木塚龍也斎が自嘲した。

三

遠藤讃岐守の指示を受けた小高佐武郎は、駿河府中を出て、江戸へと急いだ。

「なにか書きものを」

小高佐武郎の求めを遠藤讃岐守が拒んだ。

「後に残るものはまずい。ことがことだ、口頭でしっかり事情を話すのが良策」

「お目にかかれましょうや」

「徒目付と言えば、門前払いを受けることはあるまい」

懸念する小高佐武郎に、遠藤讃岐守が手を振った。

「…………」

己の名前を特定できるものを絶対に渡さない。これも役人の処世術であった。

「いいか、野辺だけではない、他の目付に見つかるのもまずい。他人目につかぬよう、加納近江守さまのお屋敷に着く頃合いもよく考えろ。よし、行け」

「はい」

しぶしぶうなずいた小高佐武郎が、駿府町奉行所を後にした。

「……行ったか」

見送ることなく、小高佐武郎を追い出した遠藤讃岐守が一人になった。

「道中奉行副役のう。わざわざ新設するほどの要があるのか。たしかに大目付か勘定奉行の兼任になる道中奉行は、なにもしておらぬ。それで今までなにごともなかったのは、街道を保持する者が他にいたからだ」

遠藤讃岐守がため息をついて続けた。

「少なくとも東海道、中山道などの主要街道は、それが通っている領内ならば大名が、幕府領ならば代官が管理している。ここ駿河では、駿府町奉行がその任にある」

街道は重要な施設であった。軍事にせよ、商業にせよ、通行路が整備されていないとうまくまわらない。戦国乱世ならば、敵の進撃を阻害するため、わざと街道を荒れさせていたこともあるが、泰平では百害あって一利なしになる。街道が悪いと、ものが運びにくくなり、他国の荷が入ってこなくなる、入ってきても嵩は少なくて高い、そして自国の特産物の売り出しが困難になる。

「どこどこの街道が悪く、通行に苦労いたしましてございまする」

参勤交代で江戸に来た大名が、道中奉行に訴え出れば、そこの街道を領地に持つ大名が叱られた。

「街道の整備は幕府の命である」

道中奉行は監督はするが、実際の普請などは担当しない。街道の整備は、幕府から命じられるお手伝い普請のようなもので、大名の持ち出しになる。

「街道を預けるにふさわしくない」

大目付が道中奉行を兼務しているのは、このためでもある。現実、大目付は形だけのものであり、大名をどうこうすることはなくなって久しいが、その権は持ち続けている。大目付から大名監察の役目は取りあげられていないのだ。

大目付の判断で、街道筋の便利な領地から、同じ石高ながら主要街道から離れた不便な領地への転封はありえた。

結果、街道を持つ大名たちはその整備に気を遣うことになり、道中奉行がわざわざ見て回らずとも問題はなかった。

「上様のお考えを知っておくべきだな」

遠藤讃岐守が独りごちた。

「誰ぞ、おらぬか」

「お奉行さま、お呼びで」

すぐに家臣が顔を出した。

駿府町奉行の赴任には、家臣も伴う。公用には配下の与力、同心を遣えるが、私用とあれば家臣を動かさなければならなかった。

「本陣小倉平左衛門へ行き、滞在している道中奉行副役の水城どのをお招きして参れ」

「はっ」

家臣は理由を訊かない。主君の指示は絶対である。

すぐに家臣は出て行った。


木塚龍也斎のもとから本陣へ帰ってきた聡四郎たちは疲れていた。

「無駄だったな」

「……はい」

聡四郎の愚痴に大宮玄馬も同意した。

「だが、剣術を生活の道にするとあれば、ああでなければならぬのだろうな。木塚道場は入江道場に比べて、こぎれいであった」

「床板に穴もあいておりませんでした」

大宮玄馬も見ていた。

「責めるわけにはいかぬな。人は変わるものだ。阿川一竿先生のほうが変わり者なのだろう」

「剣術遣いと剣術道場の主は違うということなのでございましょう」

二人は落胆していたが、木塚龍也斎を罵る気はなかった。

「明日には発つでよいな。もう、駿河府中にいる用はなくなった」

「はい」

駿河府中を離れると告げた聡四郎に、大宮玄馬がうなずいた。

「お客さま」

二人の部屋に小倉平左衛門が訪れた。

「主か。ちょうどよい。明日の朝に発つ」

聡四郎が告げた。

「承りましてございまする」

一礼して小倉平左衛門が承諾した。

「水城さま、町奉行の遠藤讃岐守さまの御使者がお見えになり、是非、ご同道をいただきたいとのことでございまする」

小倉平左衛門が顔を出した用件を語った。

「駿府町奉行どのがか……」

聡四郎が首をかしげた。会うならば、朝のうちの城代面談の後であるべきであった。駿府城代役屋敷と駿府町奉行所は目と鼻の距離なのだ。少し立ち寄るだけですみ、手間はかからない。

「今更といった感じでございましょうか」

大宮玄馬も怪訝な顔をした。

「いささかな」

聡四郎も駿府町奉行遠藤讃岐守の意図が読めず、難しい顔をした。

「お断りするわけには」

「いくまいな。相手は遠国奉行でも格上になる駿府町奉行どのだ。道中奉行副役としては、駿河国の街道に責任を持つお方からの招きに応じぬとはいかぬ」

役人には格があった。格には従っておかないと、思わぬところで足を引っ張られる。

「危険はございませぬか」

「ないな」

大宮玄馬の懸念を聡四郎は否定した。

「すでに駿府ご城代青山信濃守さまにお目通りをいただいておる。少なくとも駿府城下を出るまでは大丈夫だ。もし、城下で我らになにかあれば信濃守さまの面目を潰すことになる」

駿府城代は旗本の上がり役でそれ以上の出世はまずないが、駿河においては領主同然の権を有する。駿府町奉行は老中支配で駿府城代の配下ではないが、任地ではその監督を受ける。駿府城代に睨まれて、江戸へふさわしからずという報告を出されれば、よくて左遷、悪ければ罷免（ひめん）される。

「では、お供を」

「いや、念のために、玄馬はここで待て。もし、吾になにかあれば、ただちに江戸へ戻り、上様へご報告を」

一緒に行くという大宮玄馬を聡四郎は止めた。

「……しかし」

大宮玄馬がためらった。

京では闇に、箱根では伊賀の郷忍にと、聡四郎と大宮玄馬は何度も襲われている。今までは二人で組んで切り抜けてきた。大宮玄馬がすなおに従わないのも無理はなかった。

「二人ともやられては、誰もそれを知らぬことになる。その報告が一日遅れれば遅れただけ、上様にご負担をかける」

「……はい」

大宮玄馬がようやく納得した。

八代将軍吉宗は、直系の将軍ではなかった。七代将軍家継が後継なくして死んだため、御三家紀州徳川家から本家へ還（かえ）った。

つまり、少し前まで紀州家の藩主であったのだ。紀州家は御三家という格別な家柄だが、大名には違いない。吉宗も将軍になる前は、老中や大目付などの幕府役人に敬意を払ってきた。

そう、昨日まで格下だった者が、格上になった。上から見下ろしていた者に、今日から敬意を払わなければならなくなった。これをあっさりと受け入れられる者は少ない。

とはいえ、将軍は幕府の統領であり、老中といえども家臣である。表だって反発して、罷免されてはたまらない。結果、面従腹背（めんじゅうふくはい）になる。どころか、足を引っ張って、名前を汚そうとする。

そこに吉宗は、改革を言いだした。

家康が江戸で幕府を開いて百二十年余、いろいろな無理が生じるには十分なときが経っていた。

このままでは、増えぬ収入、増える支出、幕府の財政は破綻(はたん)していた。

吉宗は倹約を旨(むね)とした改革を提唱した。無駄遣いを止め、収入の範囲で幕府をやっていく。いや、収入と支出を差し引きしたら、少しでも余るようにする。さすれば、幕府の借財は増えなくなり、少しずつでも減っていく。

そのためにはかなりの倹約をしなければならないと、吉宗はみずから一汁一菜、絹物を止め木綿物を身に着けるなどして実践した。

将軍がやっているのに、家臣が贅沢をするわけにはいかないが、人というのは一度覚えた贅沢を止めるのは難しい。

「木綿をまとった将軍など権威もなにもない」

「腹が空いては戦えまいに」

吉宗への反発は根強い。

「不要な普請は止めよ。無駄にものを作り出さず、修理して使え」

幕府の勘定、政にも倹約を命じた。

「お手伝い普請は、大名どもの力を削ぐためのものでございまする」

「天下人が古びた細工物などを使っておられては、沽券にかかわりまする」

吉宗の指図に、誰もが首を横に振った。

「それで、どうやって幕府の財政を立て直すのだ」

「年貢を増やせば……」

「商人どもから運上金を召し上げれば……」

吉宗の問いに、まともな答えは返ってこなかった。

どちらも即効性のある策には違いないが、かならずその反動は来る。年貢を増やせば百姓が苦しくなり、逃散したり一揆を起こしたりする。幕府領での一揆など、恥以外の何ものでもない。それこそ、吉宗が将軍になったから一揆が起こったと、その徳を疑われる。

商人への運上も同じであった。さすがに商人は一揆を起こさないが、運上のぶんを商品の値段に上乗せする。そうなれば物価は上昇し、より生活にかかる費用が増え、家計を圧迫することになる。それこそ、財政好転の策としては逆効果にしかならない。

「このていどの者が執政だというのか」

吉宗はあきれ、役人たちを信用しなくなった。

当然、それは執政たちにも伝わる。

信用されていない配下が、上司のために必死で働くということはない。また、遣えない配下に重要な仕事を与える上司もいない。

吉宗の改革は、上からも下からも動けない状態となっていた。

そのとき、吉宗の遣える数少ない手駒の一つ、聡四郎がいなくなったとあれば、その影響は大きい。できるだけその被害を抑えるためにも、誰がなんのために聡四郎を害したかという正確な情報は必須であった。

「お気を付けて」

意図を汲んだ大宮玄馬に見送られて、聡四郎は駿府町奉行所へと足を運んだ。

四

駿府町奉行所は当初、大手組と横内組の二つがあった。江戸町奉行所のように月番交代ではなく、範疇を決めて分業していた。駿府町奉行所の役目は、第一に万一の際の上方への押さえと駿河通行の諸大名監察、第二に駿河、伊豆両国の公事裁判仕置き、第三に家康廟(びょう)がある久能山の警衛であった。

もっとも、上方のことは京都所司代と大坂城代、京都町奉行所、大坂町奉行所が担当しているうえ、天下泰平で争乱の危惧が薄くなったというのもあり、形骸となった。また、久能山のことは世襲制の久能総門番榊原(さかきばら)家へ預けられたこともあり、駿府町奉行の職務は減少、元禄十五年（一七〇二）に横内組が廃止され、大手組一つになった。

それでも駿府という徳川にとって格別な城下を任されるだけあって、俊英でなければならず、駿府町奉行となった者は、さらに京都町奉行や大坂町奉行へと出世していく。なかには勘定奉行や江戸町奉行へのぼり、旗本としての栄達を極める者も出た。

「呼び立てをしてすまぬ」

聡四郎を迎えた駿府町奉行遠藤讃岐守が、形だけとはいえ詫びを口にした。

「いえ、ご多忙と存じ、ご挨拶をいたしませず、失礼をいたしました」

格上に頭を下げさせただけでは、気まずい。聡四郎も謝罪した。

「いや、道中奉行副役は新設であろう。前例がなければ、気にすることではない」

役人らしい理由で、遠藤讃岐守が手を振った。

「どうじゃ、駿河は。よいところであろう」

「まことに。神君家康さまが、お気に召されたのも当然かと」

互いに初対面なのだ。当たり障りのない話を重ねて、相手の出方を窺う。

「街道はどうであったかの」

「すこぶる良好だと認識いたしておりまする」

遠藤讃岐守が、聡四郎の職分へと少し手を伸ばした。

「それは重畳である」

満足そうに遠藤讃岐守がうなずいた。

「さて、水城どのよ」

いよいよ本題だと遠藤讃岐守が、姿勢を正した。

「なんでございましょう」

聡四郎も身構えた。

「勘定吟味役から御広敷用人と要職を歴任してきた貴殿が、道中奉行副役という新しい役目に就かれたのは上様のお指図でござるな」

「さようでございまする」

まずは確認と言った遠藤讃岐守に聡四郎は首肯した。

「失礼ながら、前二職より、お役目が軽くはないかの」

遠藤讃岐守が問うた。

「道中奉行副役が軽いかどうかはわかりませぬ。ただ、上様は無駄をお嫌いになられるお方でございまする。なにかしらのお考えがございましょうが、わたくしごときではわかりかねまする」

聡四郎は小さく首を横に振った。

「なにか、上様から就任にあたってお言葉でもござったか」

「ございました」

「なんと仰せでござったか。お聞かせ願いたい」

ぐっと遠藤讃岐守が身を乗り出した。

「……ただ、一言。世間を見て来いと」

「世間を見て来い……ううむ」

答えた聡四郎に、遠藤讃岐守が腕を組んで唸った。

「貴殿は、ご期待されておられるようだ」

少しして、遠藤讃岐守が述べた。

「畏れ多い限りでございまする」

己のことだが、否定はできなかった。否定や謙遜は、吉宗の目を疑うことになる。

聡四郎は恐縮してみせるしかなかった。

「もう一つお聞かせ願いたい。目付となにかござったか」

「…………」

遠藤讃岐守の問いに、聡四郎は黙った。

「ご懸念あるな。拙者はすでに目付ではござらぬ」

警戒した聡四郎に、遠藤讃岐守が慌てた。

「一度目付から離れた者は、二度と戻らぬのが決まり」

目付は清廉潔白でなければならないという建て前からか、人員補充は同僚の入れ札という特殊な方法を取った。当たり前だが、一度目付を出て、出世していった者は対象から外れる。もちろん、目付を辞めさせられた者の復職は絶対といってよいほどなかった。

「…………」

「では、なにゆえにお訊きなさる」

目付との関係性を問う理由を聡四郎は求めた。

一瞬、遠藤讃岐守が躊躇した。

「いや、失礼をした」

遠藤讃岐守が真摯に頭を垂れた。

「疑われて当然であったし、こちらが隠しごとをしたままで、話をしてくれと頼むのは、あまりに身勝手であった」

「……はあ」

事情のわからない聡四郎は、その謝罪を受けて良いのかどうか、戸惑った。

「いや、最初からお話をいたそう。そもそもことの始まりは、江戸から徒目付が拙者のもとに……」

遠藤讃岐守が順を追って話した。

「……そのようなことが」

聡四郎は絶句した。

「目付ともあろう者が、このようなまねをするとは思われぬであろう」

「なにか証はござろうや」

「署名のない書状があったがの、徒目付に持たせて江戸へやった」

「どこへ届けられるおつもりか」

聡四郎の声が険しくなった。

「御側御用取次の加納近江守さまのお屋敷へ行かせた」

「近江守さまのもとへ……」

聞かされた聡四郎が困惑した。

「誰に預けるというわけにもいくまい。かといって徒目付では、上様にお目にかかれぬでの」

「なるほど、加納近江守さまならば、御家人でも門前払いにはなされませぬし、上様にも近い」

聡四郎が納得した。

加納近江守は、先日まで紀州徳川家の家臣で、陪臣であった。陪臣はたとえ一万石もらっていようとも、百俵の御家人より身分は低い。目通りできないとはいえ、御家人は直臣であり、陪臣より格が上になる。そういった経緯があり、加納近江守は御家人といえども面会を求める者を拒まない。時間に余裕がある限り、加納近江守は訪問者と会うようにしていた。

「よろしいのか」

古巣を訴えることになるのではと懸念を表した聡四郎に、遠藤讃岐守が笑った。

「我らは将軍家の臣でござる。目付の配下ではござらぬ」

遠藤讃岐守が宣した。

「目付は要りようでござる。目付なくば、天下は乱れましょうな。しかし、目付がすべて正しいわけではござらぬ。まあ、野辺の考えは異常でござるが」

「…………」

「目付を外れるまで、それに拙者も気づかなかった。目付があるからこそ、天下は安泰であると信じておった。だが、他職を経験して、目付の弊害に気づいた。目付は世の実情を知らなすぎる。法度は守らなければならぬが、絶対ではない。目を瞑って見逃したほうがよいことは、いくつもある」

駿府という江戸に比べては小さいながら、町奉行を務めたことで遠藤讃岐守は、世間を知ったと述べた。

「世間を知った……」

吉宗に言われたことを遠藤讃岐守にも聞かされた。聡四郎は思わず口にしていた。

「うむ」

遠藤讃岐守が首肯した。

「ゆえに今日、呼び立てたのだ。気を付けられよ。目付はしつこい。道中、油断されるな」

「野辺という目付は、排除されましょう」

「排除するには、証がなさすぎる。小高という徒目付の証言だけでは、いささか難しかろう」

「誣告（ぶこく）と取られる……」

「…………」

聡四郎の危惧に、遠藤讃岐守が無言で肯定した。

「さすがに訴え出た小高や拙者をどうこうしようとはすまい。しばらくの間はの。さすれば、誣告が事実だったと白状したも同然だからな。しかし、おぬしを狙う方法は他にもある。目付は天下の監察、つまり、天下の裏を知る者」

「天下の裏を知る者……」

聡四郎は息を呑んだ。

「繰り返す。道中、いや江戸に帰ってからも緊張を解かぬよう」

遠藤讃岐守がふたたび警告した。

本陣小倉平左衛門に、木塚龍也斎の弟子、伊蔵が姿を見せた。

「ここにおるのだな」

伊蔵が独りごちた。

「本陣の者か」

門前の掃除を始めた小者に伊蔵が目を細めた。

「看板はかかっていない。お大名の滞在はない」

本陣や脇本陣は、滞在している大名や遠国へ赴任していく幕府役人の名前を門柱に掲げた。参勤交代の行列は行軍に準ずるという形を取るため、陣中での旗印代わりとするためであった。

「誰かいるな」

掃除の手付きで客がいるかどうかはわかる。やはり誰もいなければ、掃除にも気が入らず、上の空になりやすく、客がいれば真剣に掃く。普通の旅籠でもそうだが、一つまちがえて怒らせれば首の飛ぶ大名や役人相手の本陣はとくにその傾向がある。

伊蔵はそれを見抜いた。

「夜旅をかけぬかぎり、この刻限での旅立ちはないだろうに……あれは」

不思議そうに小者を見ていた伊蔵が、近づいてくる人影に気づいた。

「水城……」

駿府町奉行所から戻って来た聡四郎の姿を伊蔵は見た。

「お帰りなさいませ」

本陣の小者が背筋を伸ばして、聡四郎を出迎えた。

「うむ。皆はおるか」

聡四郎が小者に問うた。

「はい。明日のお発ちに備えて、なにやらお買い求めに出られておられましたが、お戻りで」

「そうか。手を止めさせたな」

小者の答えを聞いた聡四郎がねぎらったのち、本陣へ入っていった。

「明日の朝か……」

旅立ちは朝早いうちにするのが常識であった。泊まりは一度でも少ないほうが安くすむというのもあるが、少しの遅れで大井川の川越えができなくなったりする。旅は余裕をもって動くために、早朝出るのが心得であった。

「…………」

無言で伊蔵が本陣に背を向けた。

五

翌朝、本陣で飯と汁だけの朝餉をすませ、用意させていた昼餉代わりの握り飯を受け取って、聡四郎たちは本陣小倉平左衛門を後にした。

「どこまで参りましょう」

大宮玄馬が問うた。

「掛川を目指そうか」

「小笠原壱岐守さまのご城下でございますな。距離はおおよそで十二里（約四十八キロメートル）ほどでございましょうか」

すぐに大宮玄馬が応じた。

「大井川の川越えのことを考えれば、それくらいだろう」

聡四郎が予測した。

東海道には、難所がいくつもあった。その最たるものが箱根の嶮であり、それと比されるのが大井川の渡しであった。

大井川は東海道島田の宿と金谷の宿の間に流れる。駿河と遠江をわける国境となるほどの難所であり、西から東への軍事行動を阻害するため、架橋が許されていなかった。さらに大井川が面倒だとされたのは、渡し船ではなく、川越人足を遣わなければならないからであった。

川越人足は金谷、島田の宿場に設けられた川会所に属し、そこを通じてでなければ仕事を受けなかった。

また、川の水の量によって料金が変わり、雨が続いたりして増水すると渡河が禁止された。これを川留めといい、解禁されるのがいつになるかわからないため、余分な旅籠代がかかり、旅人にとって病以上の迷惑であった。

「参ろう」

聡四郎が一同を促した。

かつて家康が駿府城にいたころは九十六町からあったとされる駿河府中は、その後幕府領となったため、かなり規模を縮小した。それでも城下は五十万石の面影を残し、かなり大きい。

「……あれは」

城下を外れたところで、大宮玄馬が行く手に立ちはだかる男を見つけた。

「伊蔵とか申した木塚龍也斎どのが弟子であろう」

聡四郎はすぐに判別した。

「何用でございましょう」

「剣術遣いを待っていたのだ。用は一つしかあるまい」

問うた大宮玄馬に聡四郎は告げた。

「果たし合いでございますか」

大宮玄馬がため息を吐いた。

「相手との力量差をわからぬのはまだしも、弟子が無謀なまねをすると気付いていながら止めぬ師というのはいかがなものでございましょう」

入江無手斎への尊敬を見せなかった木塚龍也斎のことを大宮玄馬は認めていなかった。

「知らぬのではないか」

聡四郎がかばった。他流試合をしないと木塚龍也斎は断言していた。その木塚龍也斎が、果たし合いを許すはずはなかった。

「弟子の思いを気付かぬのもいかがかと思いますが」

大宮玄馬はどうしても木塚龍也斎のことが気に入らない。

「話を聞いてみよう。でなければ、通してくれまい」

聡四郎が前へ出た。

「我らに用か」

どう見ても庶民にしか見えない伊蔵に、聡四郎は尊大な態度で接した。

「試合を所望いたす」

伊蔵が剣士らしい物腰で求めた。

「木塚龍也斎先生はご存じのことか」

「ご存じありませぬ」

確認する聡四郎に、伊蔵が首を横に振った。

「よろしいのか。破門されますぞ」

相手が剣士として来るならば、身分に関係なく応じるのが剣術遣いである。聡四郎は同格の相手として伊蔵を遇した。

「…………」

一瞬、伊蔵の表情がゆがんだ。

「いや、かまいませぬ。それが剣術を極めるためならば」

伊蔵が決意を見せた。

「よろしかろう。拙者か、大宮玄馬か、どちらとの立ち合いを望まれるや」

首肯した聡四郎が問うた。

「大宮玄馬どのとの立ち合いを求めたし」

「……よいな」

「はい。お相手仕(つかまつ)りましょう」

聡四郎の確認に、大宮玄馬が首を縦に振った。

「道具はどうする」

「真剣で……」

「それはならぬ。我らは旗本である。上様のご命なくば、命を懸けることは許されぬ」

真剣勝負を望む伊蔵を、一言で聡四郎が却下した。

「しかし、剣術遣いとして……」

「玄馬参るぞ」

「はっ」

まだ求めようとする伊蔵を無視して、聡四郎が大宮玄馬を促した。

「ま、待ってくれ。真剣でなければ、真の実力はわかるまい」

伊蔵が引き留めた。

「武士でない者は気楽でよいの」

聡四郎が鼻で笑った。

「…………」

伊蔵が黙った。

「武士の命は、主君のためにある。決して自儘にしてよいものではない。そなた、大宮玄馬の未来を背負えるのか」

「えっ……」

聡四郎に言われた伊蔵が啞然とした。

「試合が終われば、それがすべてだと考えているならば、そなたは剣を持つ資格はない。剣はおもちゃではない。ひとたび抜けば、相手を討ち取るまで鞘に納まらぬのが刀だ。真剣での試合に待ったはない。試合ではなく死合いなのだ。もし、そなたが勝てば、大宮玄馬の家は潰れる。代々受け継いでいける家をなくす。主君ではなく、たかが剣に命を懸けた愚か者に、禄をくれてやるわけなどなかろうが。残された者の生活は、どうする。そなたが面倒を見てくれるのか」

「…………」

子々孫々までの責任をどうするのかと問われた伊蔵が絶句した。

「わかったならば、そこをどけ」

聡四郎が厳しい声を出した。

「どかぬとあらば、斬るぞ。旗本の行く手を塞いだ無礼者を討つとあれば、どこからも文句は出ぬ」

太刀の柄に手をかけた聡四郎が、腰を落とした。

「……ま、待って」

大きく息を吸った伊蔵が、膝を突いた。

「心得がなかったことはお詫びいたしまする。家が潰れるなどと思ってもおりませんでした」

「ふん」

伊蔵が深々と頭をさげた。

聡四郎が鼻を鳴らし、構えを解いた。

「そのうえで、お願いいたしまする。一手、一手お相手を」

まだ伊蔵は諦めていなかった。

「どうして、そこまでこだわる」

武士の有り様を聞かされた庶民が、その覚悟を思い知ったうえで試合を望む。その理由を聡四郎は問うた。

「剣とは生まれで決まるものでございましょうか。武士は上手くなれて、商人はどれだけ努力をしても、その深遠にたどり着けないものなのでございましょうや」

伊蔵が問いかけた。

「そのようなことはないと思うぞ。武士でも剣術より算盤が上手い者もおる。名だたる剣士でも、その生まれは庶民という者も多い。かの宮本武蔵(みやもとむさし)でさえ、播磨(はりま)の豪農の出だという噂もある」

聡四郎は否定した。

「わたくしもそう思いまする。しかし、道場ではどれだけ稽古を積み、強くなっても筆頭にはなれませぬ」

「筆頭……」

伊蔵の口から出た言葉に、聡四郎が大宮玄馬を見た。

「はて、そのような者は……」

大宮玄馬も心当たりがないと怪訝な顔をした。

「筆頭は年に五、六度ほどしか道場には参りませぬ」

伊蔵が首を横に振った。

「それで筆頭とは、畏れいる」

聡四郎があきれた。道場の壁に掛けられた名札は、弟子たちの順位を表す。筆頭は、道場でもっとも強い者という意味であると同時に、剣術に真摯であるという証明なのだ。その筆頭が一年に数回しか来ないというのは論外であり、こういった場合、道場主が札の位置を変えるのが普通であった。

「筆頭とはなにものぞ」

聡四郎が問うた。

「ご城代さま配下の与力さまで」

「与力……」

伊蔵の口から出た役職に、聡四郎は首をかしげた。

駿府城代の与力は目見え以下、禄は八十石内外が多い。江戸町奉行所の与力ならば、二百石ほどの禄をもらい、目見えはできずとも、商人が遠慮するだけの権を持つ。

「駿河は殿さまなしの土地なのでございまする」

「殿さまなし……むう、たしかに駿河は将軍家の直領だな」

聡四郎が認めた。

「駿河でもっとも偉いのはご城代さまでございますが、ご城代さまはいつか江戸へ帰られまする。対して与力さまは……」

「地に残るか」

すぐに聡四郎は伊蔵の言いたいことを読んだ。

「代々の家柄となれば、城代の仕事にも精通するだろう。ふむ、江戸から来た旗本では、与力に頼らねば、なにもできぬ」

「…………」

聡四郎の口から出たことを伊蔵は否定しなかった。

「では、城下で一番偉いのは、城代与力どのだと」

大宮玄馬が目を剝いた。

「ご城代与力さまに睨まれては、駿河ではなにもできませせぬ」

力なく伊蔵が首を垂れた。

「なるほどな。だからこそ、実力がものをいう剣術にのめりこんだか」

聡四郎が納得した。

「玄馬……」

街道沿いにある竹林を聡四郎は目で示した。

「はっ」

首を縦に振った大宮玄馬が、竹林に入り、二度脇差を翻した。

「……これで」

大宮玄馬が枝を落とした竹を聡四郎に見せた。

「長さも良し、切り口も尖らないよう水平に斬っておるな。よかろう。ほれ」

軽く竹をあらためた聡四郎が、一本を伊蔵へ差し出した。

「試合をしたいのであろう」

「では……」

「一本勝負だ。一流を師より許された者の剣、その身で知るがよい」

顔をあげた伊蔵に、聡四郎は告げた。

「始め」

街道を少し外れた野原で、大宮玄馬と伊蔵の試合は始まった。

「やあああ」

肚の底から伊蔵が気合いをあげた。

「…………」

大宮玄馬は、軽くいなした。

「……ええい」

伊蔵が突っこんだ。竹を振りあげ、たたき付けるように落とす。

「ぬん」

一刀流の基本に沿ったきれいな一撃は、大宮玄馬の足運びだけでかわされた。

「くそっ」

外されたと知った瞬間、伊蔵が身体をひねって、大宮玄馬の一刀を避けようとした。

「ほう」

無謀なだけでなく、しっかりと見ている伊蔵に聡四郎が感心した。

「……ちっ」

追撃を気にした伊蔵の動きであったが、大宮玄馬はなにもしなかった。

「ならばっ」

伊蔵がたたみかけようとして、竹を振りかぶった。

「やっ」

両腕をあげる過程で一瞬、手によって視野は封じられる。その瞬（まばた）きするほどもない隙を大宮玄馬は見逃さなかった。

「それまで」

聡四郎が終了を宣した。

「うっ……」

両手を上段の構えにした伊蔵の喉元に、大宮玄馬の竹がそっと触れていた。

「参りましてございまする」

伊蔵が敗北を受け入れた。

「わかったかの」

「上には上がいると身に染みましてございまする」

近づいて声をかけた聡四郎に、伊蔵が述べた。

「剣術で腕を競うのはよいことだ。ただ、それを目的にするな。剣は、いざというときのため、己のなかで昇華し続けるもの。できれば真剣は死ぬまで抜かぬほうがよい」

「ありがとう存じまする」

聡四郎の諭しに伊蔵がていねいに礼をした。

「もし、江戸へ出てくることがあれば、訪ねてくるがいい。本郷御弓町だ。そのときは、吾とも試合をいたそう」

「は、はい」

伊蔵がうれしそうな顔をした。

「では、我らは行く。達者でな」

聡四郎は一同を促して、歩き出した。

「まっすぐな剣筋でございました」

大宮玄馬が伊蔵を褒めた。

「入江先生の思い出にあるほどの剣士ではなくなっていたが、木塚龍也斎どのも師であったということだな」

「はい」

聡四郎と大宮玄馬は、昨日までの残念さとは違った明るい気持ちで駿河を後にした。

第三章　それぞれの想い

一

目付は馬鹿では務まらない。

野辺三十郎は、駿河からの報告を一日中気にしていた。

「将軍の娘婿だ。義理とはいえ、それが死んだとあれば駿府城代から早馬が来るはずだ」

他の仕事を放り出して、野辺三十郎は江戸城大手門を見張っていた。

「おい」

「ああ、なんなのだろうな」

大手門脇にある百人番所に詰めている当番の同心たちが顔を見合わせた。

百人番所は、鉄炮組、根来組、甲賀組、二十五騎組が交代で勤務していた。もとは伊賀組もいたが、慶長十年（一六〇五）に組頭二代目服部半蔵正就の傲慢さに反発して、反乱を起こしたために解体されてしまい、江戸城の表玄関の警固からも外された。

今は四組から与力二十騎、同心百人が一日ごとに出され、大手門を出入りする者を見張っていた。

「徒目付どのならば、わかるのだが、お目付さまだぞ」

当番の同心が嫌な顔をした。

徒目付の任の一つに、大手門など江戸城諸門の監視というのがある。別に詰め所を持っている徒目付が百人番所に来ることはまずないが、それでも不思議ではなかった。

「気を付けろ。そんな顔を見られてみろ。たちまち御役御免だぞ」

別の同心が同僚を諫めた。

「であったの」

たしなめられた同心が、首をすくめた。

「……しかし、なにをなさっておいでかの。毎日、じっと立っておられるだけぞ」

「まさか、由井正雪（ゆいしょうせつ）の乱の二の舞でもあるのか。ああやって、江戸の町に火の手があがるのを見張っている」

一日中百人番所に詰めているだけであり、老中や御三家などが通過するときだけ、外へ出て平伏する。見張るといったところで、なにがあるわけでもない。一日を退屈に耐える同心たちにとって、野辺三十郎の行動は興味を引いた。

「……今日もなかった」

夕刻、野辺三十郎が苦い顔をした。

「三日で駿河へ着き、一日様子を見て、二日目に実行する。翌日、死体が発見されて城代へ連絡が行き、そこから早馬が出れば……予定外のことがあったとしても、今日には着くはずだ」

野辺三十郎が指を折って数えた。

「駿府城代の早馬ならば、箱根の関所、六郷（ろくごう）の渡しも通過できる。たとえ、夜中であろうが、どれほどの人が並んでいようが、早馬が優先される」

幕府の急報を止められるような者はいない。

「……小高め、裏切ったか。まさか、遠藤讃岐守が……」

野辺三十郎が目つきを険しくした。

「もし、そうなればまずいな」

一日邪魔をしたことへの詫びや挨拶もなく、野辺三十郎が百人番所を出て行った。目付はなにをしていても咎められない。それこそ、十日や二十日、目付部屋に顔を出さなくても文句さえ言われることはなかった。

これは目付の任である監察の性質からだ。監察は、他人の粗を探すようなものである。悪いことをしないように見張るという予防や抑止の面もあるが、それ以上に悪事を暴くという性格が強い。

目付にとっては、いくら罪をあらかじめ犯さないようにしていたとしても、手柄にはならないのだ。予防や抑止は、目立たず、評価されにくい。

しかし、罪を犯した者を捕まえるというのは、派手で目立つ。

「目付の誰々が、某を訴追した」

「何々藩が目付の監察を受けて、減封された」

そういったものは噂や話題になりやすい。江戸城中で広まれば、将軍の耳にも届く。

「誰それは、よくしておるようじゃの。できるならば大坂町奉行を預けてみるか」

将軍が目付の実力を買って、取り立ててもらえる。

戦がなくなった泰平の世で、旗本が家禄を増やすには出世するしかない。幕府役人には役高というのがあり、その役目に就くとき、不足していれば加増してもらえる。

たとえば五百石の旗本が目付になれば、役高の千石へと家禄は増やされる。そして、一度増えた家禄は、失敗しなければそのまま子々孫々へ受け継いでいける。

目付から大坂町奉行になれば、千石から千五百石になれる。

旗本たちが目の色を変えて猟官運動をするのは、そのためであった。

「目付こそ、旗本のなかの旗本」

だが、目付の一部はその範疇（はんちゅう）から外れていた。

目付という役目に憧れ、それを目指して努力してきた者である。

もともと目付は、陣中の軍目付（いくさめつけ）が発祥とされている。軍目付は戦いに参加せず、ただ味方の行動を見張るだけであったが、その言は主君のものとして扱われた。

「某（それがし）は、首を討ったのではなく、拾った」

戦いの後には、手柄を主君に報告する者が溢（あふ）れる。もちろん、一番槍、一番首のように誰もが見ているなかでの大手柄もあるが、ほとんどは乱戦となって、誰が誰やら、何が何やらわからなくなってからのものになる。

なかには、他人が討ち取った武将の首だけを切り取って、自分がやったと偽る者や、誰も見ていないのをよいことに適当な嘘を吐く者がいた。

それでは公平性が保てなくなる。命を懸けて戦い、禄を増やしてもらうのが武士なのに、詐欺師のようなまねで出世した者が出ては、主君の目が疑われ、やがては家臣に見限られてしまう。

そこで、軍目付ができた。軍目付は、手柄をあきらめる代わりに、公平な立場で戦場を見つめ、自軍の将兵の非違を確認した。

そしてどれほどの部将、重臣であろうとも、軍目付の報告には異を申し立てられなかった。

「軍目付の申すことを疑うは、余を信じぬも同然である」

主君が軍目付の権威を保証する。家中の誰もが、軍目付へ敬意を払い、その清廉潔白さに一目を置く。

軍目付は名を欲しがる者たち憧れの役目でもあった。

「目付は絶対なのだ」

野辺三十郎は、目付部屋に戻らず、そのまま下城した。

「小高佐武郎の組屋敷は、本所であったな」

使嗾している徒目付のことを野辺三十郎は把握していた。

「探して参れ」

目付が城下に出るときには、小人目付の警固が付く。両国橋を渡ったところで、野辺三十郎が供している小人目付たちに命じた。

「ただちに」

小人目付たちが散った。

武家は表札をあげなかった。城下の屋敷はそれが旗本であろうが、藩士であろうが、主君からの拝領になる。つまり、屋敷は借りもので、吾がものではないため、所有を示すような表札は避けた。

よって、武家に用のある者は、あらかじめどこのなんという町の何丁目で、角から数えて何軒目だとか、門脇に大きな松の木があるとかを聞いておく。それでもわかりにくいときは、近隣あるいは自身番で訊いた。

「……ございました」

一人の小人目付が戻って来た。

「小高は帰宅していたか」

「いいえ。ここ最近、姿は見てないと隣家の者が申しておりました」

問うた野辺三十郎に、小人目付が答えた。

「こちらでございまする」

「案内せい」

野辺三十郎の求めに小人目付が先に立った。

小高佐武郎の屋敷は、近隣と似かよったこぢんまりしたものであった。

「あれか」

「はい」

確認した野辺三十郎に小人目付がうなずいた。

「ふむ」

屋敷を見つめた野辺三十郎が難しい目をした。

「異変はなさそうに見える」

野辺三十郎が静かな小高家を見て呟いた。

「そなたたち二人でここを監視いたせ。小高が帰ってきたならば、本人には気取られず、拙者まで報せよ」

「はっ」

小人目付が首肯した。

加納近江守の屋敷は外桜田にあり、敷地は二千坪ほどとさほど大きいものではなかった。しかし、君寵並ぶ者なしといわれる御側御用取次である。その知遇を得たい者は多く、訪れる者は多かった。

「旗本、小高佐武郎と申しまする」

小高佐武郎もそのなかに紛れていた。

「どうぞ、お待ちを」

家臣によって小高佐武郎は客待ちへと通された。

加納近江守に面談を求める者のなかには、かなり高位の旗本、大名もいる。屋敷の大門は開かれ、玄関脇の座敷が客待ちとして使用されていた。

「……………」

東海道を駿河まで往復してきた小高佐武郎の恰好は、お世辞にも綺麗とは言えなかった。同じように面談を待っている者たちが、小高佐武郎の姿に眉をひそめた。

だが、小高佐武郎に文句を言う者も絡む者もいなかった。主に面会を求めるために来ていて、そこの客に無礼を働く。相手が誰であれ、そのようなまねが許されるわけもなく、少なくとも加納近江守の不興は買う。

そして加納近江守の不興は、吉宗の耳に入る。

「小高さま」

半刻（約一時間）ほど待たされて、小高佐武郎は加納近江守の前へと出た。

「徒目付、小高佐武郎でございまする」

「……徒目付」

名乗った小高佐武郎に、加納近江守が怪訝な顔をした。

徒目付と御側御用取次では、接点がなさ過ぎた。

「水城聡四郎さまのことでお耳に入れたいことがございまして」

小高佐武郎が続けた。

「……という次第でございまする」

「むうう」

話を聞き終えた加納近江守が唸った。

「いや、よくぞ報せてくれた。感謝する。もしよければ、貴殿とそのご家族を当家にてお預かりしてもよいが」

上司を売ったに等しいのだ。とくに目付の配下である徒目付は、その監察下にある。徒目付一人をどうこうするなど、目付にとっては簡単なことであった。

「お心遣いありがたく」

小高佐武郎が頭を下げた。

「早速に、手配をさせよう」

加納近江守が手を叩いた。

「お呼びでございましょうか」

家臣が顔を出した。

「急用ができたゆえ、本日の面会はこれまでとする」

まず来客を帰せと加納近江守が指示した。

「あと、小高どのに三名ほど付けて、そのお屋敷まで参れ。ご家族を当家で引き取る」

「はっ」

主君の指図に家臣は疑問を感じてはいけない。

「登城する、用意を」

言いながら加納近江守が立ちあがった。

御側御用取次で寵臣第一とはいえ、一人で務めきれるものではない。吉宗の側近を加納近江守は、同じく紀州から来た有馬(ありま)兵庫頭氏倫(ひょうごのかみうじのり)と交代で務めていた。

とはいえ、有馬兵庫頭は豪儀な気質で、細かいところまで行き届かないことが多く、どうしても加納近江守が出て行く機会が多くなる。しかし、さすがに休みなしは難しいため、ときおり加納近江守は休みをもらっていた。

「どうした。非番であったろう」

目通りを願った加納近江守を迎えた吉宗が、怪訝な顔をした。

「お耳に入れておくべき事柄ができましてございまする」

加納近江守が険しい声で応じた。

「一同、遠慮せい」

吉宗が手を振った。

「はっ」

もう慣れた小姓と小納戸が一言も逆らわず、御休息の間を出て行った。

「申せ」

他人がいなくなるのを待って、吉宗が促した。

「わたくしの屋敷に……」

小高佐武郎が来たことから、加納近江守が語った。

「……」

「愚か者めが」

聞き終わった吉宗が不機嫌な顔をし、有馬兵庫頭が吐き捨てた。

「女よりも、旗本が馬鹿だったとはの」

しみじみと吉宗がため息を吐いた。

「これでは、幕政改革などできるはずもなし」

吉宗が小さく首を左右に振った。

「いかがいたしましょう。野辺を解任いたしましょうか」

加納近江守が問うた。

「……そうよな」

しばし吉宗が考えた。

「今は、放置する」

「なぜでございまする。上様のご差配に逆らったのでございますぞ」

有馬兵庫頭が驚いた。

「今ならば、野辺だけで終わるだろう。もののついでだ、他にも馬鹿をしでかす輩（やから）をあぶり出すのに遣う」

吉宗が一網打尽（いちもうだじん）にすると言った。

「水城の身に危険が及びまする」

加納近江守が配慮を求めた。

「それくらい、いつものことだろう」

「…………」

あっさりと拒まれた加納近江守が黙った。

「源左」

天井を見上げた吉宗が声をかけた。

「これに」

音もなく、天井から影が落ちてきた。

「あの愚かな元伊賀者どもはどうしておる」

「地回りのまとめ役になろうとしておりまする」

問われた庭之者、村垣源左衛門が答えた。

「地回り……博打場でも開いているのか」

和歌山城下で育った吉宗は、地回りとのつきあいもあった。博打場に出入りした経験もある。

「開いているというより、他人のものを奪い取っておりまする」

「なるほど、そちらのほうが楽か」

村垣源左衛門の説明に、吉宗が納得した。

「組を放逐(ほうちく)されたのでございまする。禄がなくなれば、どうにかして稼がねばなりませぬゆえ」

「まともに働かず、他人の上前をはねるほうを選んだか。やはり、役に立たぬの」

吉宗が藤川義右衛門を蔑(さげす)んだ。

「そこまで堕ちたのならば、もう水城を狙わぬの」

「そうとは限りませぬ」

村垣源左衛門が吉宗の言葉を否定した。

「食べていくのに精一杯であれば、恨みなどどうでもよくなろう」

吉宗が首をかしげた。

「そうでない者がおりまする。伊賀者などは互助の精神が強く、仲間を殺された復讐は、なにをおいても果たすと。水城さまの危険はなくなったとは申せませぬ」

「放っておけ」

懸念する村垣源左衛門に、吉宗が手を振った。

「上様、さすがに……」

加納近江守も吉宗の対応を非難した。

「そなたたち、水城を甘く見過ぎておらぬか」

「…………」

吉宗に問われた加納近江守と村垣源左衛門が黙った。

「生きている者と死んでいる者、どちらが大事だ。生きている者であろうが。生きていればこそ未来を紡げる。そうであろう」

「はい」

加納近江守がうなずいた。

「生きて行くことをないがしろにし、死した者への思いを優先する。そんな後ろばかり見ている者に、前を見ている水城が負けるわけなかろうが」

吉宗が述べた。

「それにな、藤川と申したか、あの伊賀者は……」

「さようでございまする」

村垣源左衛門が肯定した。

「愚かな判断をして、躬と敵対し放逐されたのだ。江戸を離れて当然のところを、いまだ未練がましく張りついておる。見知らぬ土地で新たにやり直そうという気概すらなく、他人のものを奪うことで生活をしようとする。自ら道を切り拓く者であれば、躬も気にしようが、それほどの価値もない」

あっさりと吉宗が藤川義右衛門を断じた。

「ですが、江戸の闇で力を付けられたならば、よろしくないのではございませぬか」

有馬兵庫頭が懸念を表した。

「ふん、闇だとか陰だとか、偉そうなことを申しておるが、光を当てられればそれまでではないか。裏は表になれず、闇は光に勝てぬ。江戸の闇を統べたところで、幕府には勝てぬ」

吉宗が鼻で笑った。

「闇に手出しをせず、一人であるいは付いてきた伊賀者だけで固まっているというならば、躬も気を付けよう。それこそ、恨みで乾坤一擲の勝負を挑んでこぬとも限らぬからな。前のように江戸城へ忍びこみ、躬の命を狙うこともあろう」

「そのようなまねは、させませぬ」

強く村垣源左衛門が宣言した。

以前、庭之者は藤川義右衛門たちを江戸城の大奥まで通してしまった。吉宗と竹姫、二人を守るだけの人員が足りていなかったという事情もあるが、それは言いわけでしかなかった。なんとか、聡四郎や御広敷伊賀者、女忍袖らの活躍で被害はなくすんだが、それでも庭之者の矜持(きょうじ)は粉々に砕かれていた。

「信じておる」

吉宗が村垣源左衛門を抑えた。

「明日を捨てた者は怖い。死人ほどやっかいだからな。だが、他人を搾取してでも生きて行くと決めた者は弱い。己の命を価値のあるものだと思い、大事にしようとするからの」

「肚(はら)がない」

「そうだ」

有馬兵庫頭の呟きを、吉宗が認めた。

「兵庫頭、後で町奉行に命じよ。江戸の無頼、浪人を厳しく取り締まれと。源左、藤川のことは捨て置け」

「はっ」

「承りましてございまする」

吉宗の指示に有馬兵庫頭と村垣源左衛門が首を縦に振った。

「源左、庭之者の誰かに、目付野辺三十郎を見張らせよ。誰に会い、どのような話をしたか、確認させろ」

「お任せ下さいませ」

村垣源左衛門が手を突いた。

二

赤子というのは手がかかる。自力で食事も取れず、排泄の始末もかなわない。移動さえ無理なのだ。

「……もう、いいの」

紅が乳首から口を離した紬に問いかけた。

「結構飲まれていたようでございますが」

隣で手伝いをしてくれている袖が十分ではないかと言った。

「ちょっとお願い」

「はい」

差し出した紅から紬を、袖が受け取った。

「かなり吸われた気がするんだけどね。もっと飲んでくれないかと思っちゃうのよねえ」

柔らかい布で乳首を清拭(せいしき)し、着物を整えた紅が苦笑した。

「大きくなられますよ、紬さまは」

軽く揺すって紬をあやしながら、袖が微笑んだ。

「旦那さまも、あたしも大きいからね。でも、女の子だから、あまり大きいのもね」

紅が横から紬を見つめた。

「もう、よいかの」

襖(ふすま)の外から声がかかった。

「どうぞ、もう大丈夫でございますよ」

「すまぬの」

紅の許可を受けて、入江無手斎が襖を開けた。

「十分に召されましたかの」

入江無手斎が遠くから覗きこむように紬を見た。

「ええ」

紅が紬へやさしい顔をした。

「お返しいたしまする」

紬が紬を紅の腕へ戻した。

「ありがとう」

礼を述べて紅が紬を抱いた。

「おねむのようね」

小さなあくびをした紬を紅があやした。

「御師」

「うむ」

紬と入江無手斎が顔を見合わせた。

「では、わたくしどもはこれで」

紬の眠りを妨げるわけにはいかない。入江無手斎と紬が、座敷を出た。

「……なにかございましたか」

廊下に出て、襖を閉めたところで紬が問うた。

「うむ。屋敷を見ている目がまた増えた」

入江無手斎がため息を吐いた。

「危険なものでございましょうや」

紬が緊張した。

「いいや、剣呑なものではない。いや、剣呑といえば剣呑なのかも知れぬがの」

困ったものだと入江無手斎が首を横に振った。

「紬さまを見ようと」

「見るというより、どうにかして当家と縁を結びたいのだろうが」

訊いた紬に、入江無手斎が面倒だと肩を落とした。

吉宗が紬を吾が孫と言ってから、本郷御弓町にある水城家の周囲は賑やかになった。

「娘御がご誕生なされたとか。おめでとうございまする」

「当家には、三歳になる男児がおりましてな」

つきあいのなかった旗本が、手土産を持って訪れるようになった。

もっともそれは、聡四郎が旅に出て以来減った。さすがに御用で遠国へ出ているとわかっている家へ、つきあいのない者が訪れるのはまずい。

その代わり、さりげなく水城家を見張る者が増えた。

「なにを考えているのでございましょう」

袖が首をかしげた。

「さあな。儂にまともな武家の考えてることなんぞ、わからぬ」

入江無手斎も戸惑っていた。

「悪意がないから始末が悪い。追いたてるわけにもいかんし、斬るなんぞ論外だしの。こういったことは、手慣れた用人あたりでなければ、うまくあしらえぬ」

剣術なら片手が遣えなくなった今でも、十二分に通用する。いや、入江無手斎に勝てる者などそうはいない。とはいえ、それだけの腕になるためには、脇目も振らず修行を重ねなければ届かない。当然、他のすべてを犠牲にしているだけに、世のなかの渡りかたは下手であった。

「しかし、よろしくはございませぬ」

すっと袖の表情が引き締まった。

「他の気配が潰されてしまいまする」

袖が嫌そうな顔をした。

気配をもっとも放出するのは、人の目であった。道を歩いていて、なにか感じて振り向けば、他人と目が合ったという経験は誰にもある。それだけ人の目は強い。他人より気配に鋭敏な忍にとって、目ほどわかりやすいものはない。

茂みの奥に忍ぼうとも、目を向けてくれれば気づく。

今の水城邸は、悪意のない目に囲まれてしまい、刺客たちの気配を感じにくくなっていた。

「とりあえず、飛び道具にだけ気を付けておけばよろしかろう。刺客ならば、塀をこえてくるゆえ、それから対処してもいい」

入江無手斎が対処法を語った。

「機先を制せられないのは……」

紬は悩んでいた。

敵の仕掛けを待ってから対応するより、相手が動き出す前に仕留めるのが簡単なのだ。

「さすがは忍。揺るぎがない。敵に回せば、これほど厄介な者はないな」

入江無手斎が褒めた。

「その忍をやすやすと仕留める御師には、言われたくございません」

あきれた目で紬が入江無手斎を見つめた。

「……どれ、もう一回りしてくるとしよう」

入江無手斎がそそくさと背を向けた。

「まったく……」

その様子に袖の頬が緩んだ。

「あれだけの腕を持つ御師とわたくし。まず、屋敷にある限り負けることはなかろうが……」

亀のように籠もっているだけならば、半年や一年、耐えることは容易い。

「……だが、紅さまは大奥へお顔を出される」

紅は己のことを姉と慕ってくれる竹姫をかわいがっている。吉宗との恋を捨てさせられた竹姫の隠遁生活を少しでも明るいものにしたいと考え、ときどき大奥へあがっている。もちろん、袖も同行しているが、それでも同時に多方面から来られれば防ぎきれなかった。

「お控えくださいとは言えぬ」

竹姫の側に仕えたこともある袖である。その寂しさもわかる。そして、紅がそれを見過ごせないことも理解していた。

「玄馬どのが、いてくれれば……」

ふと袖がすがるような目をした。入江無手斎でさえ、その疾さは認めている。大宮玄馬の剣ならば、相手の間合いに入ってからでも十分間に合う。

「いや、おらぬ者を頼るなど、情けないことを。それこそ、玄馬どのに叱られるわ」

頭を何度も振って、袖が想いを散らした。

「少しでも、危険は減らさねばならぬ。上から目の位置を確認しておくか」

すっと袖が天井の梁(はり)へ飛びついた。

大井川も問題なくこえた聡四郎たちは、掛川を過ぎ、今切(いまぎれ)の渡しを使って新居関(あらい)に来ていた。

「旗本、水城聡四郎である」

聡四郎は関所番を前に名乗った。

新居関所も箱根と同じく、もとは幕府から役人が出されていた。新居奉行の管轄だったが、やはり手間が大きすぎ、幕府は関所を三河吉田(よしだ)藩の預かりとした。

「どうぞ、お通りを」

関所番はていねいに聡四郎を通した。

「やさしすぎませぬか。これでは抜け放題も同然でございましょう」

新居関所を西に抜けたところで、大宮玄馬が懸念を表した。

「一人や二人、身分を偽ったところでどうということもないからであろう」

聡四郎が応じた。

「それでは、罪を犯して逃げている者も……」

「通るであろうな。旗本に扮してさえいれば、なんの検(あらた)めもない」

旗本を含め、武士に手形というものはなかった。武士は高潔な者であり、身分を偽るようなまねをするはずがないと考えているからである。

「それに関所番に、武士の検めをせよと言うのも無理だな」

「さようでございましょうか」

大宮玄馬が首をかしげた。

「関所にいた者たちの腕をどうみる」

「…………」

聡四郎の問いに、大宮玄馬が黙った。

「一応、関所番を任されるのだ。相応の腕があるはずだろう」

「…………」

続ける聡四郎に大宮玄馬はなにも言えなかった。

「あれが、現実なのだ。武士のな」

聡四郎が眉をひそめた。

「吾でもそなたでも、どちらか一人で箱根の関所も潰せよう」

「……はい」

大宮玄馬が認めた。

「新居関所ならば、少し度胸の据わった無頼や盗賊でも数がいれば破れるだろう」

「おそらく」

無頼や盗賊は法度の外にある。生きるために他人を殺すことを躊躇しない。剣術という人を斬る術を学んでいながら、刀を抜くな、人を斬るなと押さえつけられている武士とは違う。いざ、人を殺すというとき、今の武士はためらうが、無頼や盗賊は息をするような感覚で刃物を遣う。

殺し合いのときに、この差は大きかった。

「これを武の衰退とみるか、泰平のお陰とみるか。それによって変わる。これも上様が拙者に見せたいとお考えのものなのだろう」

「武の衰退……武士の意味がなくなりまする」

小さく大宮玄馬が震えた。

「意味があるのかどうか、今でさえな。なにもせず、ただ先祖が得た禄を当然のものとして受け取り、民の上でふんぞり返る。それが武士でいいのか」

聡四郎が小さく首を左右に振った。

「ここだけの話だが……上様が将軍になられてよかったと思う。上様は今の政を変えようとなさっている。己の責任で、命を懸けておられる。失礼ながら、幼き先代さま、ご在位の短かった先々代さまは、将軍ではなかった。将軍は天下の武を統べ、その政に断固として立ち向かえるお方でなければならぬ」

聞く人に聞かれれば、不敬として咎められることを聡四郎は口にした。

「それを踏まえても、恐ろしいお方だ」

「上様が、でございますか」

怖いと言った聡四郎に、大宮玄馬が首をかしげた。

「ああ。上様は、その覚悟を吾にも求められている。吾と加納近江守さま、有馬兵庫頭さま、そして紀州から連れられてきた者のなかで遣いものになる者に」

「覚悟……」

大宮玄馬が繰り返した。

「厳しいぞ。剣士として敵対する者を殺すのも覚悟……」

一度、聡四郎が言葉を切った。

「人の上に立ち、死ねと命じる覚悟」

もう一度聡四郎が間を空けた。

「殿……」

表情を硬くした聡四郎を大宮玄馬が気遣った。

「……そして」

聡四郎がからからになった口を湿すように、音を立てて唾液を呑んだ。

「そして、吾の指図で民が死ぬことを呑みこむ覚悟」

「それはっ」

辛そうに言った聡四郎に、大宮玄馬が顔色を変えた。

「わずかでも政にかかわるというのは、それだけの影響を世間に及ぼすのだ。執政の出した触れで生活の術を奪われる者もいる。たとえば私娼がそうだ。御上は吉原以外の遊女を認めておらぬ。町奉行所が手入れをすることで夜鷹などは客をとれなくなる」

夜鷹は十六文から六十文ほどの端金で身体を開く遊女のことだ。吉原や岡場所では客が付かなくなった女が、その日の糊口をしのぐために莫蓙一枚で川端などで客を取る。当然御法度であり、ときどき町奉行所が取り締まった。

「もちろん、そのことがより多くの利と正しい理を生むからこそ、そうされたのだ。だが、その裏で泣く者も出る。大の虫を生かすために小の虫を殺す。これが政だ。上様が推奨される倹約は当然のことだが、絹ものを扱っていた呉服屋だとか、贅沢な櫛笄(くしこうがい)を売っている小間物屋などは、客を失う。幕府を立て直すために倹約は要る。しかし、その陰で泣く人もいる。そのすべてを上様は呑みこもうとされている」

「すべてを救うことはできませぬか」

聡四郎の話に大宮玄馬が尋ねた。

「できぬ。それほど天下は甘くない」

「……………」

はっきりと断言した聡四郎に、大宮玄馬が黙った。

「世間を見て来い。上様が吾に言われたことは、切り捨てられる者たちの姿を見て来いというものだと思う」

聡四郎が吉宗の思惑を推測した。

「厳しいことでございまする」

大宮玄馬がため息を吐いた。

「紅が庶民の出だからな。どうしても吾はそちらに傾きがちだ。それを上様は危惧なされておられるのだろう」

大きく聡四郎も嘆息した。

「なにごともなければ、人や物の流れを留めるよりも、あれでいいのかも知れぬな」

聡四郎が新居関所を振り返った。

三

小高佐武郎の家族を迎えに向かった一行を、小人目付たちは見逃さなかった。

「拙者は野辺さまにお報せしてくる。おぬしは、小高どのたちがどこへ行くかを確かめてくれ」

「承知」

小人目付が二手に分かれた。

目付部屋に小人目付は入れない。

「野辺さま」

小人目付は襖の外から野辺三十郎を呼んだ。

「付いて来い」

すぐに出てきた野辺三十郎が、小人目付を廊下の隅へと連れて行った。

「小高が帰ってきたか」

「はい。ですが、すぐに家族を連れて屋敷を出ましてございまする」

早速問うた野辺三十郎に、小人目付が告げた。

「どこへ行った」

「飯塚に確認させておりまする」

「そこまで見てから報告せぬか」

「とりあえずお報せをと思いまして」

怒った野辺三十郎に小人目付が言いわけをした。

「……役に立たぬ」

そこへもう一人の小人目付が現れた。

「飯塚、こちらだ」

叱られていた小人目付が安堵の声をあげた。

「おおっ、こちらへ来い」

野辺三十郎も気分を高めた。

「お待たせをいたしましてございまする」

小人目付の飯塚が二人に近づいた。

「どこへ行った、小高は」

野辺三十郎が急かした。

「小高どのは、外桜田の加納近江守さまのお屋敷へ入られましてございまする」

飯塚が答えた。

「加納近江守だと。あの御側御用取次のか」

「さようでございまする」

確かめる野辺三十郎に、飯塚がうなずいた。

「…………」

野辺三十郎が苦い顔をした。

「……野辺さま」

じっと考えこんでいる野辺三十郎に、小人目付が声をかけた。

「…………」

野辺三十郎は反応しなかった。

「あのう、わたくしどもはどういたせば」

小人目付たちが居心地悪そうに辺りを気にした。

「……好きにいたせ」

「それはどういうことでございましょう」

投げるように言った野辺三十郎に、小人目付たちが戸惑った。

「どこへなと行け」

野辺三十郎が犬を追うように手を振った。

小人目付はお目見え以下で十五俵一人扶持。変事立ち会い、普請場、勘定所、町奉行所への出役、牢屋敷見廻りなどを主な任としている。目付の出務の供をするとはいえ、城中への立ち入りはそうそうできなかった。

「御役御免でよろしゅうございますか」

飯塚が訊いた。

「……よい。下がれ」

考えごとの邪魔をするなと野辺三十郎が面倒くさそうに言った。

「では、これにて」

「失礼をいたしまする」

小人目付たちが、そそくさと去って行った。

「……うるさい者どもだ」

野辺三十郎が、吐き捨てた。

「しかし、まずいな」

一人になった野辺三十郎が苦渋に満ちた顔をした。

「小高め、吾を売ったな。いや、遠藤讃岐守の指図か」

野辺三十郎が憎々しげに頬をゆがめた。

「目付の指図に逆らうなど、旗本の風上にも置けぬ者どもだ。小高と遠藤讃岐守への罰は後でくれてやるとしてだ……」

腕を組んだ野辺三十郎が思案に入った。

「ことは加納近江守に知られたと考えねばならぬ。そうでなければ、小高を保護などせぬだろう」

野辺三十郎が眉間にしわを寄せた。

「証は残していないが……上様にそのようなものは要らぬ。上様が吾を罷免すると言われれば、それで終わる」

目付を罷免された者への風当たりは強い。これは日ごろから目付が尊大な態度を取っているというのもあるが、公明正大な目付を辞めさせられたことで、なんらかの罪を犯したと世間に知られるためであった。

「上様と敵対したことがばれた」

目付の権益を守るためとはいえ、吉宗の采配に口を挟むどころか邪魔をしたのだ。無事ですむとは思えなかった。

「どうするか」

野辺三十郎が表情を険しいものにした。

「目付は幕府の良心である。その目付の任を邪魔するなど、将軍とは思えぬ行為」

吉宗への責任転嫁を野辺三十郎が始めた。

「目付が監察することには、誰も口出しをしてはならぬ」

野辺三十郎の目つきが変わっていった。

「将軍がまちがっているならば、代わってもらうしかないな」

決意を野辺三十郎が口にした。


老中たちにとって、吉宗という将軍は扱いにくかった。

「このようにいたしたく存じまする」

「よきようにいたせ」

七代将軍家継は、老中の上申を認めるだけであった。

「この件につきまして……」

「それはこういたせ」

老中たちが合議して決めたことでも、吉宗の一言でひっくり返る。

「我らはなんのためにあるのか」

久世大和守重之が嘆いた。

「また差し戻しか」

戸田山城守忠真が問うた。

「うむ」

書付を手に久世大和守がうなずいた。

「難しいことよな」

「どうすればよいのやら」

二人が顔を見合わせた。

「大和守どの、山城守どの」

もう一人の老中水野和泉守忠之が愚痴をこぼす二人をたしなめた。

「…………」

「……やれやれ」

戸田山城守と久世大和守がため息を吐きながら、己の席へと着いた。

「まったく、執政の役目を果たしもせず」

その様子に水野和泉守が首を横に振った。

今日、御用部屋には三人しか老中はいなかった。家継のころから引き続いている久世大和守と戸田山城守、そして吉宗によって引き立てられた水野和泉守である。もう一人の井上河内守正岑（いのうえかわちのかみまさみね）は、吉宗の名代として寛永寺へ出向いており、登城していなかった。

当然のことながら、吉宗に近い水野和泉守と先代からの二人の仲はあまりよくない。

幼君で己の意志など持っていなかった家継の御世を支えてきた戸田山城守と久世大和守は、老中こそ天下の政をおこなうものだと考え、将軍はそれを追認するだけだと思っていた。

対して、吉宗の改革に従って出世した水野和泉守は、老中の役割を将軍の補佐だと割り切っていた。

かつて吉宗を将軍に選び、その功績をもって老中であり続けようとした松平紀伊守信庸と阿部豊後守正喬は、すでに切り捨てられていた。

残っている久世大和守と戸田山城守の行く末も見えていた。

「そろそろ下城いたそう」

「でござるな」

久世大和守と戸田山城守が腰をあげた。

「お先でござる」

「お疲れでござった」

代表して声をかけた久世大和守に、水野和泉守が応じた。

「ご老中さま方、お通りなさりまする」

御用部屋前で控えていたお城坊主が大声で先触れをした。

老中の執務は基本として、昼八つ(午後二時ごろ)までであった。多忙な老中が昼餉をすますなり下城するのは、上役が遅くまで残っていると他の役人が帰りにくいというのと、他の老中にも見せられない密事が政にはあるため、自邸で他人目を避けて処理するためだとされている。

「山城守どのよ、このまま帰る気にはならぬの」

「まさに、まさに。わたくしもそう思っておりましたぞ」

歩きながら二人が話をした。

「よろしければ、一刻（約二時間）ほど吾が屋敷へお寄りになられませぬか」

久世大和守が誘った。

「さほど急ぎのこともござらぬしの。まあ、あったところで、明日上様にならぬと言われれば終わるのでござるが……喜んでお呼ばれしよう」

戸田山城守が首肯した。


御三家尾張六代藩主徳川権中納言（ごんのちゅうなごん）継友（つぐとも）の手元に一通の書状が届いていた。

「だから余を将軍にと推せばよかったものを」

読み終えた継友が書状を放り投げた。

「拝見しても」

継友とともに酒を嗜（たしな）んでいた弟松平左近衛権少将（さこんえのごんのしょうしょう）通温（みちまさ）が書状を拾いあげた。

「うむ」

継友が杯を干した。

「……これは近衛（このえ）元太政（だじょう）大臣基凞（もとひろ）さまからの」

松平左近衛権少将が目を剝いた。

「ふん、天英院が紀州の猿に幽閉されたことで、ようやく目が覚めたようだ」

吝嗇な継友は、酒の肴に塩か味噌しか選ばず、今日は味噌を皿になすりつけてあぶったものをなめつつ呑んでいた。

「まさに後の祭りでございますな」

松平左近衛権少将もうなずいた。

「あやつは紀州を立て直したというが、余も尾張を再興しておる」

継友が目を細めた。

五代将軍継嗣の問題で綱吉を推さなかった尾張家は、その治世できつく当たられた。

「御成りの費用を負担いたせ」

綱吉が気に入りの家臣のもとへ行くための費用を尾張家に出させたのだ。

「…………」

御三家にお手伝い普請は下されないという慣例を破っての負担だったが、拒むことはできなかった。

一門とはいえ、尾張は将軍の家臣でしかない。家臣は主君の命を拒めないのだ。

拒むのは謀叛を起こすと同義になる。

尾張は唯々諾々とそれに従うしかなく、もともと裕福ではなかった藩財政は逼迫した。

それを継友は吉宗ばりの倹約で回復させた。

いや吉宗よりも厳しい対応を継友は取った。継友は、役目を統一、あるいは廃止し、無駄な役職を減らした。

「藩創設のころから、わたくしどもが世襲してきた役目でございまする」

「なにとぞ、存続を」

泣きつくような藩士たちを無視して、継友は改革を断行、八代将軍継承の問題が起こるころには借財は片付き、藩庫に一万両以上の備蓄ができていた。

正徳二年（一七一二）、六代将軍家宣はその死に際して、幼い吾が子家継ではなく、尾張家当主徳川吉通を七代将軍にするようにと口にしている。新井白石、間部越前守詮房ら家宣側近によって、徳川吉通ではなく家継へ将軍は譲られたが、それを故事として尾張家は、次に本家が絶えたときこそ、出番だと思いこんだ。

そして、わずか四年で次の機会が来た。

残念ながら、家宣から後継指名をされた吉通は三年前に病死していたが、その後を継いだ継友は将軍継嗣の資格も受け継いでいると信じていた。

「紀州徳川吉宗こそ、八代将軍にふさわしい」

しかし、結果は吉宗に負けた。

「吉宗公は家康さまの曾孫、継友公は玄孫。本家を継がれるには血筋が近いほうがよろしかろう」

一代の差が継友を将軍から遠ざけた。

「吾が能力が、吉宗にいたらぬというなればいたしかたなし。しかし、血筋の遠近で決められては納得いかず。血筋も重要だが、能力こそ将軍には要る」

継友は不満をはっきりと口にした。

だが、一度決まったものは覆らない。吉宗が八代将軍となり、継友は御三家筆頭の尾張家当主でありながら、次席の紀州の後塵を拝することになった。

「余が将軍となっておれば、そなたに尾張をくれてやれたものを」

継友が松平左近衛権少将を見つめた。

「それはありがたき仰せ」

松平左近衛権少将が頭を下げた。

継友の弟松平左近衛権少将通温は、尾張家三代綱誠の十九男になる。綱誠は十七女二十二男という子だくさんであったが、男のなかで無事に成人したのは十男吉通、十二男継友、十七男義孝、十九男通温、二十男通春だけであった。

このうち、継友が家督を継いだとき、十男吉通は死亡、十七男義孝は美濃高須藩松平家へ養子に出て、残っているのは通温、通春であった。

長幼の順だけでなく、官位でも通温が従四位下左近衛権少将であるのに対し、通春が従五位下主計頭と格下になり、継友が将軍になれば、尾張家の当主になるのは通温であった。

尾張家当主の弟とはいえ、そうそう領土はもらえない。

将軍家へ目通りをして、気に入られれば、徳川の連枝として形だけでも大名にしてもらえる。吉宗は五代将軍綱吉から目通りを許されたことで越前葛野三万石を与えられた。もっとも三万石とは形だけで、実収は五千石ていどしかない貧しい土地でも、大名には違いない。

しかし、兄継友こそ将軍にふさわしいと公言している通温を吉宗は無視し、通春をかわいがっており、時機を見て取り立てるのではないかと噂されている。

それがより通温を吉宗から遠ざけ、出世の道を閉ざしてしまっていた。

かといって御三家の領地を分けて通温を分家させるのも難しい。すでに尾張には美濃高須、奥州梁川の分家があり、これ以上増やすわけにはいかなかった。

通温は尾張で飼い殺しになっている。その境遇を大きく変える話が出た。通温が興奮したのも当然であった。

「かといって、吉宗を将軍の座から引きずり下ろす方法がのう」

継友が大きなため息を吐いた。

「まさに」

通温も同意した。

「江戸城にいる吉宗を討ち取ることはできぬし」

将軍まで至るに、どれほど多くの障害を突破しなければならないか、考えるだけでも嫌になるほどであった。

「尾張の全力を挙げても届きませぬか」

「名古屋の兵を江戸へ連れて行くわけにもいくまい。江戸へ着く前に止められる」

問うた通温に継友が首を左右に振った。

「江戸におる者だけでは……」

通温がこだわった。

「江戸におる者は、三割ほどぞ。士分だけならば千をこえるかどうかだろう」

「千では足りませぬなあ」

継友が口にした数に、通温が背を丸めた。

「江戸城は将軍を守るためにある。千どころか、万でも無理じゃ。大手門などを守る大番組、書院番組、将軍御休息の間を警固する新番組、最後の盾小姓組がおる」

「一丸となれば、それくらい」

「無茶をいうな。同時に千が戦えるわけでもない。門は閉じられるし、御休息の間に至るまでにも扉はある。外から攻めるのは無理だ」

継友が否定した。

「……外から攻めるのが無理ならば、うちからすれば」

思いついたように通温が述べた。

「うちから……城中に人を入れるのか」

少し継友が思案した。

「城中にはたくさんの大名、旗本がいる。誰もが顔を知っているとは限らぬ。余も江戸城へあがるが、挨拶をするのは十人もおらぬ。他の者の顔など気にもしてない」

継友の表情が変わった。

「さすがに千人を紛れ込ませるのは無理でも、十や二十ならばできるやも知れぬ」

「おおっ」

提案した通温も身を乗り出した。

「真剣に考えてみるか」

「では、早速に」

言った継友に、通温が勢いづいた。

「いや、そう急くな。まずは、吉宗の警固について確認せねばなるまい。御休息の間に至るまでの障害もあらかじめ調べておくべきだ。江戸城は広いのだぞ。経路を迷ってしまっては話にならぬ」

継友が慎重にことを運ぶべきだと通温を制した。

「さようでございました。兄上が将軍になられるとのうれしさから、先走ったことを申しました。お詫びいたしまする」

通温が頭をさげた。

「いや、うれしいことを言うてくれるわ」

叱らず、継友が通温に手をあげた。

「次の月次(つきなみ)にでも、様子見をさせようぞ」

継友が宣した。

四

役人の登城時刻は決まっている。おおむね朝五つ（午前八時ごろ）から四つ（午前十時ごろ）である。

なかには登城の混雑を嫌って、六つ半（午前七時ごろ）前に出務する者もいるが、ほとんどは決まり通りに諸門をくぐる。

これに月次登城が重なれば、江戸城大手門は祭りのように混雑した。

「尾張権中納言さま」

継友が大手門をこえる手前で、番士が大声を出した。

「…………」

百人番所、大手門詰め所から、わらわらと番士、与力、同心が出てきて膝を突いた。

「ご苦労である」

継友は駕籠の扉を開け、声をかけてねぎらった。

乗輿の格を与えられている者でも、下乗橋では徒歩にならなければならないが、御三家だけは大手門を駕籠のまま乗りうちが許されていた。

とはいえ、駕籠の扉を閉めたままでの通行はできず、かならず顔を見せなければならない。

もちろん、足を止めずともよく、駕籠は枡形に合わせて曲がり、中御門へと進んでいく。

「越前守さま」

次の大名の名が呼ばれ、膝を突いていた番士たちが立ちあがり、いつもの形へと戻っていく。

「行き過ぎた我らの背中を見ることさえいたしませぬ。人が行列から外れるなど、考えてもおりませぬ」

駕籠脇で供していた尾張藩士があきれた。

「言うてやるな。そのほうが、我らには都合が良い。そうであろう」

継友が笑った。

「たしかに、仰せの通りでございまする」

尾張藩士も笑った。

「そろそろよかろう」

御三家といえども中御門前で、駕籠を降りなければならなかった。継友の合図で駕籠が下ろされた。

「稲生(いのう)、佐々木(ささき)、堂元(どうもと)、行け。よくなかを調べよ」

駕籠から出た継友が命じた。

「はっ」

代表して、先ほど継友と話をしていた藩士が応じた。

「では参るぞ、佐々木、堂元。中御門を入れば、話をするな。かかわりのない者同士を装う」

「おう」

「承知」

稲生に言われた佐々木と堂元が首肯した。

中御門からの供は、御三家でも四人と決まっている。もちろん、尾張家の控え室である大廊下上の間まで連れてはいけない。供の藩士たちは中御門を入ったところにある控えの間で継友が帰るまで待機する。

「尾張権中納言さま」

中御門で控えていたお城坊主が、継友の登城を報せる。

「…………」

合わせて野辺三十郎が、片膝を突いた。

江戸城の安寧と秩序を守る目付は、当番で中御門の出入りを監督していた。形として目付は御三家でも監察できるが、だからといって立ったまま見送るという無礼は避けたほうが無難であった。なにせ、吉宗という、御三家から将軍になった先例ができてしまったのだ。いつ、継友が九代将軍になり、無礼を働いた目付を思い出さないとは限らない。従来のような御三家への対応は、できなくなった。

「うむ」

野辺三十郎の礼儀に、継友が小さくうなずいて歩き去った。

「御免そうらえ」

「おはようございまする」

継友を優先して、待っていた役人たちが、次の御三家が来る前にと、急ぎ気味に中御門を通過していった。

「……あれは」

野辺三十郎が首をひねった。

「いかがなさいました」

お城坊主が問うた。

「いや、見たことのない者がいた」

野辺三十郎が首をかしげた。

「新しくお役に就いた者でございましょう」

疑問を口にした野辺三十郎に、お城坊主が軽く告げた。

「お役に就いた者か……」

野辺三十郎が繰り返した。

お目見え以上の役目に就く、あるいは出世した者の任命に目付は立ち会った。あまりに多く身分も軽い勘定衆や番士たちの場合で、まとめておこなわれるものにも目付は臨場した。任免の場で礼法にもとっていないかを見張るのと同時に、いつでも目付は見ているぞと脅す意味合いでもあった。

「……覚えはないな」

幕府役人は欠員が出たときに追加される。まれに仕事が多く、増員しなければならなくなったというのもあるが、決まった時期に任免するということはなかった。極端な話、毎日任免があっても不思議ではなかった。

「吾の臨場でなかったときなのだろう」

「……但馬守(たじまのかみ)さま、ご登城でございまする」

野辺三十郎の思案は、お城坊主のあげた声で中断された。

江戸城へ入りこんだ稲生たちは、周囲の様子を窺いながら奥へと進んだ。

「襖だらけではないか」

堂元があきれた。

「…………」

そ知らぬ顔をしながら、佐々木が襖に近づき、耳をそばだてた。

「…………」

すぐに襖を離れ、誰もいないと言わんばかりに小さく頭を振った。

それを見ながら、稲生と堂元が役人たちの流れに乗った。

身分の低い役人ほど門に近く、奥へ行けば行くほど偉くなった。

万一、刺客でも襲い来たとき、重要な人物が奥にいれば、守りを固める、あるいは逃がすなどの対応がとれるからだ。

いくら出務の刻限で役人の姿が多いとはいえ、あるていどまでであった。

「……まずいな」

周囲に人がいなくなった。稲生が口のなかで呟いた。

「殿のお言葉だと、将軍が座する御休息の間は、まだ向こうのはずだ」

稲生が足を止めて、目を眇めて奥を見た。

尾張徳川家は将軍家の家族扱いを受ける。ために正月などの挨拶は、将軍御休息の間まで伺候した。

「できれば、入り口あたりまで見ておきたいのだが……」

御休息の間へ入るとき、左右どちらの襖を開けるかでも状況は変わる。まちがえたために、小姓組と鉢合わせしたとか、御簾が下がっていたために見にくくて逃がしてしまったということもあり得る。

狙う相手が部屋のどの辺にいるかを知っているかいないかで、刺客が成功するかどうかは大きく違ってくる。

「もう少し……」

廊下をふたたび進み出した稲生は、途中の部屋の襖が開いたのに気付いた。

「……………」

二人の羽織を脱いだ旗本が、太刀を右手に持ちながら廊下の中央に立ちはだかるようにして、稲生を見た。

「新番組……」

すぐに稲生は気付いた。

新番組は大番組、書院番組、小姓組、小十人組と並んで、徳川の番方五組の一つである。三代将軍家光のころ、政務場所の本丸御殿表と将軍の居住する中奥の境を警固するために作られた。最初土圭の間に詰めたことで土圭の間組と呼ばれたが、五代将軍綱吉のとき、大老堀田筑前守正俊が御用部屋で刺殺された事件を受け、詰め所を移動、新番所へと移動したことで新番組と称された。

新番は役高二百五十俵で、書院番、小姓より低いが、家柄よりも武芸の腕で選ばれたため、矜持は高かった。

「……考えごとをしていたために、まちがえましてござる。申しわけなし」

剣呑な目つきの新番士へ一礼して、稲生は背を向けた。

「あの奥に将軍はいる」

稲生が呟いた。

登城時刻を過ぎると中御門を見張る意味も薄れてくる。

「ご苦労である」

一応当番のお城坊主に声をかけ、野辺三十郎が中御門を離れた。

「……呼び出しもない」

野辺三十郎はなにもなかった体を装い、毎日目付としての役目を果たしているが、心中は穏やかでなかった。

江戸城で起こったすべてを知る権を目付は持っている。あの小高佐武郎が屋敷から家族を連れ出した日、非番の加納近江守が登城して吉宗に急ぎ目通りを願ったことも耳に入っていた。

「将軍も知っている。それでいてなにもない。咎めるには証が足りぬと思っているのか……泳がせているのか」

野辺三十郎は、見廻りをするような振りで歩きながら、思案している。

目付は老中たちの上の御用部屋、若年寄たちの下の御用部屋、奥右筆部屋、そして将軍居室の御休息の間以外、どこにでも足を踏み入れられる。大奥も例外ではない。ただ、むやみやたらと踏みこめば、後々大きなしっぺ返しを受けるかも知れないので、大奥へは入らないようにしているだけだ。

「……お目付どの」

考え事をしながら歩いていた野辺三十郎に声がかけられた。

「誰ぞ」

足を止めて、野辺三十郎が誰何した。

「新番の者でござる」

野辺三十郎を止めた番士が応じた。

「おう、こんな所まで来ていたとは」

一瞬、野辺三十郎が驚いた。

「……なぜ、制止した」

野辺三十郎が新番士を睨みつけた。

目付は年中黒の麻裃を身につけている。遠くからでも目付と一目でわかるのだ。

「いえ、身体が当たりそうでありましたので」

新番士が、目付を制止するなどあっていいものではなかった。

新番士が、野辺三十郎の上の空を指摘した。

「……そうであったか」

野辺三十郎が納得しかけた。

「待て、当たりそうになったと申したな」

「いかにも」

確認した野辺三十郎に、新番士が首肯した。

「外に出ていたのか」

野辺三十郎が新番士に問うた。

「さようでござる。いささか、胡乱な者がおりましたので、誰何しようといたしましたところ、通路をまちがえたと詫びて引き返して行きました。が、気に障りましたので、念のために、見張りをいたしておりました」

「胡乱な者……どのような」

「どのようなと言われましても、ごく当たり前の恰好をいたしておりましたので」

新番士が困惑した。

「見たことのある顔であったか」

「少し離れておりましたので、確実とは申せませぬが、見たことはないように思いまする」

問いを重ねた野辺三十郎に新番士が答えた。

「あやつだ」

「なにか」

野辺三十郎の独り言を新番士が聞きとがめた。

「いや、なんでもない。もし、その者がまた近づいてきたならば、捕らえよ」

「よろしいのでござるか」

いかに目付の指図とはいえ、罪も明らかでない者を捕まえるのはまずい。もし、その者が老中や若年寄などの縁者であったら、新番士など簡単に吹き飛んでしまう。

「拙者が責を負う」

野辺三十郎が宣した。

「お名前をお伺いいたしたい」

目付とわかっていても名前までは知らない。新番士が尋ねたのも当然であった。

「野辺三十郎である。きっと申しつけたぞ」

名乗った野辺三十郎が、新番士に念を押した。

「どちらへ行った」

野辺三十郎が胡乱な者の消えた方向を訊いた。

「まっすぐ入り側を突き抜け、左に曲がりましてございまする」

新番士が指さした。

「あっちだな」

振り向いた野辺三十郎が急ぎ足に向かっていった。

第四章　刺客百景

一

近江浪人小野寺は、五摂家筆頭近衛家家令の平松少納言時春から、聡四郎と大宮玄馬の殺しを請け負った。

「百両は大金だが、安すぎたな」

小野寺が平松少納言から受け取った金包みを掌でもてあそびながら、ぼやいていた。

「最初はそんなもんでっせ」

平松少納言を紹介した西蔵が苦笑した。

「そうか。そうなのか。二十人で割ったら五両にしかならんぞ」

木屋町（きやまち）の利助に反発して、その配下に入らないとしている無頼は小野寺を含めて二十人ほどいた。

「血まみれにせんでもよろしんでっせ」

均等に分けると言った小野寺に西蔵が首を横に振った。

「……血まみれとはなんだ」

小野寺が首をかしげた。

「頭割りっちゅうこってすわ。頭割ったら血出ますやろ」

西蔵が説明した。

「なるほど、うまいことを言う」

小野寺が感心した。

「先生は近江の人やさかい、あんまり上方の冗談（てんごう）は、ご存じおまへんねんな」

「ああ。初めて聞いた」

西蔵の推測を小野寺が認めた。

「そうか、頭割りにしなくてもいいのか」

「もちろんでっせ。でなければ、誰が面倒な親分なんぞしますねん。木屋町の利助なんぞ、金の半分取りあげますで」

「半分……百両だったら五十両も懐に入れると」

西蔵の言葉に、小野寺が驚愕した。

「利助ほどやのうても、だいたい、四割から三割は持っていきま」

「むうう、四十両から三十両……かなり大きいぞ」

「その代わり、殺しにかかる経費は親分持ちですわ」

「どのような費えが要るのだ」

経費の細目を小野寺が求めた。

「的の下調べに、使い捨ての武器、武具の手配なんぞですわ」

「ふむ。それくらいならば、かなり残りそうだな」

西蔵に訊いた小野寺が納得した。

「で、水城というのと、その家士はできるのか」

話を小野寺は進めた。

「できるんと違いまっか。でなければ、百両なんぞ出しまへんで」

「そういうものか。相場がわからぬのでの」

小野寺が首をかしげた。

「まあ、その辺の商人をやるんやったら十両、ちと名の知れた裏の者なら五十両、縄張りを持つ親分なら百両から二百両ちゅうとこですか」

ざっとした相場を西蔵が告げた。

「もし、木屋町の利助を殺るとなれば、いくら要る」

「五百両、いや、千両」

「随分と高いの」

小野寺が目を剝いた。

「京の闇を支配する前なら、三百両ほどでしたやろけど、今は江戸にまで手を伸ばしてますよって、それくらいは出さんと刺客が集まりまへん」

西蔵が説明した。

「なるほどな。配下の壁があって、一人や二人の刺客では、届かぬか」

すぐに小野寺が理解した。

「ということは、今回の平松少納言さまの依頼は、割りに合わないということだな」

「そうでおま。百両で二人、かなりできる両刀差しをやるなんぞ、相場はずれもええとこですわ。しゃあから利助の後を守っている干支吉が断ったんですわ」

事情はわかっていると西蔵が述べた。

「やれやれ、駆け出しは辛いの。余りの仕事しか回って来ぬ」

小野寺が嘆息した。

「まあ、その代わり、この仕事をこなせば、近衛家と縁ができる」

「さようで」

表情を引き締めた小野寺に、西蔵も真剣な顔をした。

「近衛の仕事は安めで受けねばなるまいが、それ以外の公家衆からも依頼を取れる」

小野寺が言った。

「よくおわかりで。近衛はんの仕事を断った利助は、ちいと京でやりにくうなりますやろな。こういった裏のことは、公家さんの間であっちゅう間に拡がりますよって」

西蔵がうなずいた。

「手配は任せるぞ。拙者は的が来てから動く」

刺客の役目は己がすると小野寺が宣した。

「そうしていただくと助かりま。刺客一人雇うだけで十両はしますよってな。小野寺はんが、どちらか一人でも引き受けてくれはったら、二人ほどの手配で足りますやろ。そしたら、八十両残りますわ」

さっと西蔵が算盤をはじいた。

「小野寺一家の初仕事だな」

「違いまっせ。それまでなんもせえへんかったら、明日から干上がりますがな。的が来るまでの間も、稼いでもらわな困ります」

西蔵が遊んでいる暇はないと小野寺の尻を叩いた。

聡四郎たちは、街道筋の様子を見ながら、東海道をのぼっていた。

「この付近に、人はあまりおらぬようだな」

「宮の宿から一刻ほどでございますゆえ、休息を取るにも中途半端なのでございましょう」

大宮玄馬が、客のいない茶店を見ながら応じた。

「旅はどうやって金を節約するかでございますので」

聡四郎の後ろにいた傘助が口を挟んだ。

「やはり旅は金がかかるのだな」

「へい」

確かめるような聡四郎に、傘助が首肯した。

聡四郎は四男坊で大切に育てられはしなかったとはいえ、五百五十石取りの旗本の出である。入江道場の束脩にしても己が払うわけではなく、節季ごとに用人代わりの古参家士が出向いて渡していた。

基本として武家は金を汚いものとして避ける習慣がある。勘定吟味役の経験もある聡四郎だが、相手が幕府勘定方であったため、扱う金額が数千両から数万両と大きく、金という感覚がなかった。

幸い、妻の紅が町屋から嫁に来たことで、多少の物価なども知ったが、それでも庶民とはどうしても差があった。

「江戸から京までいくらかかる」

「一両で行ければよしでございまする」

聡四郎が傘助に問うた。

「何日くらいかかる」

「十二日から十四日というところかと」

傘助が答えた。

「一両を六千文としたら、おおよそ一日五百文ていどというところか」

かつては算盤など使えもしなかった聡四郎だが、勘定吟味役、大奥と金の出入りを見つめる役目を果たしてきたことで、ちょっとした計算はできるようになっていた。

「旦那さま、すごい」

猪太が感心した。

「これくらいはできるだろう」

聡四郎が問うた。

「申しわけございませぬ。足し引きまでならばできますが……」

「足すだけで」

「指の数以上は……」

大宮玄馬と傘助、猪太が恥ずかしそうにした。

「一日五百文だと、旅籠賃が二百文とすれば、残り三百文あるな。昼の食事と疲れたときの茶代で百文もあればいける。一日二百文余る」

聡四郎が勘定した。

「心付けが要りやす。旅籠でも決まりだけではいろいろと」

傘助がそれではすまないと言った。

「ふむ。心付けはどのくらいだ」

支払いは大宮玄馬に任せてある。聡四郎が問うた。

「四人泊まりで一朱渡しておりまする」

大宮玄馬が告げた。

一朱は一両の十六分の一で、銭にして三百七十五文ほどになる。

「一人あたり百文ほど……そんなものか」

聡四郎は傘助たちを見た。

「十二分でございまする。茶店の心付けが波銭一枚から二枚くらいでございますので」

お茶代がいくらだという決まりを持っている茶店は珍しい。ほとんどの茶店は、味も匂いもしない薄い色の付いた湯しか出さないため、金を取りにくい。茶店の代金は、基本休憩する場所を提供してもらったことへの謝礼に近い。客のほとんどは波銭一枚、四文で終わらせた。

「出さぬというわけにも参りませぬ」

高いと叱られると思ったのか、大宮玄馬が言いわけをした。

「怒っているのではないわ。旅籠で心付けを出さねば不便を強いられるのはわかっておる」

聡四郎が大宮玄馬を宥めた。

旅籠で心付けを渡さなかったとしても、出てくるものは同じであった。食事も品数が減るわけでもなし、風呂も入れる。夜具が薄くなるわけでもない。ただ、どれもが後回しにされた。さすがに風呂だけは武士が優先される。が、食事や夜具の用意が最後にされた。

飯の用意が遅いと冷める。心付けが多ければ、真っ先に用意されるので、飯は炊きたて、汁は熱々で供される。しかし、こちらが気遣いしなければ、向こうも気にしない。心付けをくれた客に飯を出した後となれば、飯も汁も冷たい。もともとまくもない飯が、冷めてしまえばよりまずくなる。夜具も同じで、用意が後になれば、寝るのが遅くなる。朝の出立時刻が早いときは、寝不足でかなりきつくなった。

「三百文のなかから百文の心付けを出し、昼餉と休憩をとれば、手元に残る金は百文あるかないか。一日ならどうにかなるが、三日も川留めをくらうと一両では足りぬ」

聡四郎が難しい顔をした。

「旦那さま。旅籠に泊まるからそうなるのでございまする。木賃宿ならば、もっと安くあがりまする」

「木賃宿とはどのていどのものだ。名前を聞いたことはあるが」

述べた猪太に聡四郎が問いかけた。

「大広間に夜具もなく雑魚寝(ざこね)、食事は自前という安い宿でございまする」

「一夜の宿賃はいくらだ」

「四十文から六十文というところで」

「安いな」

猪太の答えに、聡四郎が驚いた。

木賃宿で食事をしなければ、心付けを含めた旅籠一日分で五日は泊まれる。これならば、四、五日川留めに遭ってもなんとかなった。

「お勧めはいたしませぬ。木賃宿は二十畳ほどの板の間に、十人以上がごろ寝をいたしまする。そのなかには手癖の悪い者もおりますので、懐中物や旅道具などを盗られることも多うございまして、寝るわけにもいかず……」

「それは厳しいな」

聡四郎が驚いた。

旅は疲れる。歩くだけでも身体はくたびれるが、見知らぬ土地での緊張で精神的にも疲弊する。それを宿で休むことで癒すのだ。その宿で盗賊を警戒して、まともに眠れないとなれば、疲れは抜けるどころか、蓄積してしまう。

そして溜まった疲れは、思わぬところでの失敗、事故を呼ぶ。

「本末転倒ではないか」

聡四郎があきれた。

「庶民の旅というのは、こういうものでございまする」

傘助が小さく首を左右に振った。

「旅籠に泊まれる者など、よほどの商人か、女旅で」

「そういえば、女の姿を見ぬな」

ふと聡四郎が気づいた。

「さようでございますな」

大宮玄馬が同意した。

「女旅はまずございませぬ」

猪太が言った。

「危ないからか」

「はい」

すぐに聡四郎は理由を思いつき、猪太が認めた。

「木賃宿はもちろん、旅籠でも女は安全ではございませぬ。旅籠に泊まっている他の客がいたずらをすることがございまする」

「宿でも安心できぬとはの」

聡四郎がため息を吐いた。

「それだけではございませぬ。街道筋にいる駕籠かき、馬引きなどが女を鴨として絡みまするし、普通の旅人でも他人目がなくなれば、いきなり女を押し倒すことも」

「なんということだ」

聡四郎が目を剝いた。

「道中がそんなに危険だとは……」

「罪を犯しても、藩境をこえてしまえば、追いかけては参りませぬので……」

難しい顔をした聡四郎に傘助が嘆息した。

「藩境をこえれば、手は出せぬ」

大名は幕府の統制下にはあるが、その領地は独立していた。幕府が出した武家諸法度に、大名は従う義務を持つが、江戸城下に出された触れなどは関係なかった。

大名領の法度は、境をこえた瞬間無効になる。それは捕吏の権限も同じで、目の前に下手人がいても藩境より向こうならば手出しはできなかった。藩境をこえてしまえば、隣藩から強硬な抗議が来る。それがたとえ犯罪者を捕まえるためのものであっても許されない。

質の悪い連中は、これを利用して右の藩で罪を犯し、捕吏に追いかけられたら、左の藩へ逃げこむ。左の藩で捕まりそうになったら、右の藩へ脱出する。

「これも道中奉行がまともに機能していない証ではある」

街道筋と宿場、そこでおこなわれたことは、すべて道中奉行の管轄にしてしまえば、藩境をこえようとも追捕できる。

「とはいえ、宿場町は各藩にとって重要な場所になる。いかに幕府の命とはいえ、黙って差し出すことはなかろう」

幕府は天下の政を担当しているわけではなかった。幕府が影響力を及ぼせるのは、幕府領と国策である鎖国やキリシタン禁令などで、大名領のなかまでは届かなかった。

「これも上様にお話し申しあげるべきだな」

聡四郎は吉宗への報告に、宿場と街道の治安が悪いことを加えた。

二

江戸城の奥深くに閉じこもっている吉宗をどうこうするのは、簡単ではなかった。

「御休息の間は新番所を過ぎてまっすぐに進み、御座の間を通り過ぎて右へ曲がった先にある」

一度城中を見てきた稲生たちに、継友が図を描いて説明していた。

「かなり奥になりまするな」

稲生が難しい顔をした。

本来将軍は御座の間で起居するものであった。それが殿中刃傷の影響を受け、より奥にある御休息の間へと移された。

その字の通り、御休息の間は御座の間で政務を執った将軍が、疲れを癒すためのものとして造られたため、上段の間、下段の間、それと小座敷の三つで構成されたこぢんまりしたものであった。

「殿、ここは庭でございまするか」

稲生が図を指さした。

「うむ。御座の間の後ろから御休息の間右手、奥を囲うようにある庭じゃ。泉水も築山もある」

継友が答えた。

「庭から回るというのは……」

「ふむう」

稲生の提案に、継友が思案した。

「庭に出られれば、そのほうが動きやすかろうが……どこから出られるかだの」

継友が江戸城の様子を思い出そうとした。

「……だめじゃ。尾張の当主とはいえ、控えの間の大廊下、公式目通りの黒書院、白書院、身内目通りの御休息の間以外は足を向けられぬ」

考えた後、継友が首を左右に振った。

「では、それを我らは調べましょう」

稲生が申し出た。

「よいのか。次の月次登城まで十日以上あるぞ」

継友の登城は月次だけで、他の日に江戸城へ入ることはなかった。

「大事ございませぬ。あれほど笊(ざる)なれば、我らだけでもやれましょう、のう、御一同」


しばらくは無理だと言った継友に稲生が提案し、同意を同僚に求めた。

「お任せをいただきますよう」

「我ら、殿の御為に」

堂元、佐々木がうなずいた。

「助けてやれぬぞ」

その場にいないのだ、継友が危険だと述べた。

「お気になさらず。我ら、命はとうに捨てておりまする」

稲生が首を左右に振った。

「頼もしいことを言う。余はよい家臣に恵まれた」

継友が感動した。

「稲生、佐々木、そなたたちには息子がおったの。堂元は娘」

寵臣のことだ。継友もよく知っている。

「もしものことがあれば、そなたたちの家はきっと引き立ててくれようぞ」

「かたじけなきお言葉」

「まことにありがたく恐悦至極にございまする」

「よしなにお願いをいたしまする」

稲生たちが感動した。

武士は家によって生き、家のために死ぬ。先祖が戦場で命を懸けたのも、子孫へ美田を遺したいからであり、それを受け継いだ子孫は、なにをおいても存続に努める。これは子供のときから教えこまれたもので、家のためなら命を捨てられるように育つ。

三人の死後の話をした継友に、一同が感謝したのも当然のことであった。

「では、わたくしどもは、これにて。この絵図面はお預かりしてもよろしゅうございましょうや」

稲生が継友の描いた稚拙な絵図面を求めた。

「もちろんじゃ」

継友が認めた。

野辺三十郎はあれ以降、毎朝の登城口番を他の者と代わって務めていた。

「なにがあった」

当番を代わってもらうのはありがたい。目付はそれぞれ己が調べていることがある。監察すべきことを見つけ、その裏を取り、告発する。そこまでして初めて目付として評価される。そのためには少しでもときが欲しい。一刻ほどとはいえ、登城口に縛り付けられるのは避けたい。

だが、こうも続けての交代となれば、いぶかしむのは当然であった。

「まだわからぬ」

野辺三十郎は正直に応じた。

「ただ、気になる。それだけじゃ」

「真(まこと)か」

それだけで納得するほど目付は甘くなかった。

「なんなら、一緒でもよいぞ」

「…………」

疑った目付が黙った。

いまどき、登城口でなにかあるはずはなかった。過去、江戸城で事件がなかったわけではない。赤穂(あこう)浪士討ち入りの原因となった浅野内匠頭(あさのたくみのかみ)が吉良上野介(きらこうずけのすけ)におこなった刃傷だけでなく、他にも刃傷沙汰はある。しかし、そのすべては城中奥深くであり、登城口近くではない。

つまり、元禄十四年（一七〇一）三月十四日の浅野内匠頭も登城口で止められていないのだ。もちろん、刃傷を起こした後でも、当日の登城口番は咎めを受けていない。

「無駄にときは費やせぬ」

手柄に繋がらないならばどうでもいいと、野辺三十郎に迫っていた目付が離れていった。

「なら、最初から素直に交代しておけ」

文句への相手をしただけ手間取った。文句を言いながら野辺三十郎は急ぎ足で登城口へと向かった。

「本日も、野辺さまでございますか」

やってきた野辺三十郎にお城坊主があきれた。

「なにか苦情でもあるのか」

「いえ、とんでもない」

お城坊主は特別な役目で、目見え以下ながら老中や若年寄とも親しく話ができる。御三家や加賀藩、薩摩藩などの雄藩ともつきあいがあり、なかなかの権勢を誇るが、目付には勝てなかった。

「ふん」

無茶を通しているとわかってはいるのだ。野辺三十郎もそれ以上は嚙みつかなかった。

「おはようございまする」

登城口は、すぐに混雑し始めた。

「…………」

野辺三十郎はお城坊主から目を移し、登城してくる者たちを見つめた。

「御免」

大名や高位の旗本以外は、目付に敬意を表する。ささいなことで足を止められては、役目に差し障り、目付の引き留めを受けて職場に遅れてもかばってくれる者はいない。

挨拶をしたから、目付が甘くしてくれるわけではないが、愛想よくして損をすることはないと、誰もが軽く頭を下げて通る。

「…………」

それに応じることはなく、野辺三十郎は淡々と登城してくる人々の顔を見つめていた。

「お早いことでございまする」

もっとも人通りが多くなるころ、一人の武士が登城口から上がってきた。

「……………」

目付は挨拶に一々応答しない。よくて顎を上下させるくらいであり、あきらかに格下と思われる相手のときは、無視する。

その野辺三十郎が息を呑んだ。

「あいつだ」

先日から気になっていた男が、何気なく登城してきた。

「野辺さま……」

普段と違う気配に、お城坊主が驚いて野辺三十郎を見た。

「しっ」

野辺三十郎がお城坊主を制した。

「……あっ」

目付の変化を周囲に報せたも同然なのだ。それは老中たちが会話している秘事を漏らすに等しい。お城坊主の顔色が変わった。

「…………」

ここで謝罪をするのはまずかった。なにもなかった振りでやり過ごすのが正解だと、お城坊主は経験で知っていた。

「忘れろ」

しばらくして、野辺三十郎が冷たい声で命じた。

「わたくしはなにも」

お城坊主が小さな声で首肯した。

「……顔、覚えたぞ」

もう一度脅して、野辺三十郎が登城口に背を向けた。

「…………」

決まりでは四つ（午前十時ごろ）まで待機することになっているが、震えあがらされたばかりのお城坊主は、なにも言わずに見送った。

登城時刻の江戸城は混雑しているが、野辺三十郎はしっかりと気になった男の背中をとらえていた。

「……やはりおかしい」

後をつけながら、野辺三十郎は男を観察していた。

「なにかを探している……」

さりげなさを装ってはいるが、その目が城中のあちらこちらに飛んでいるのを野辺三十郎は気づいていた。

「先日、新番所で引っかかったのもこいつに違いない」

野辺三十郎が確信を持った。

「どこへ行こうとしている」

男の動きに野辺三十郎が首をかしげた。

「目的がわからぬ」

なにかを探しているようだが、その狙いが読めなかった。

「あちらは白書院……」

野辺三十郎が、男の歩く先を思い出した。

白書院は大名、役人への謁見や勅使対応をする格式の高い座敷で、御休息の間にも近い。

「今日は、目通りなどの予定はなかったはずだ」

将軍家への目通りに目付は同席し、礼儀礼法に外れた行為がないかを見張る。そのため目付部屋には、将軍の予定が張り出された。

「白書院を右に曲がれば、竹の廊下、左に曲がれば松の廊下だ」

どちらも江戸城表向ではかなり奥になる。関係のない者は、まず足を踏み入れないところであった。

「………」

白書院を過ぎたところで、男が足を止め、竹の廊下から外を見た。

「中庭……」

野辺三十郎が柱の陰から窺った。

「降りるのか……」

じっと庭を見ている男に、野辺三十郎が独りごちた。

「ここか」

小さく呟いた男が、すっと踵を返した。

「……まずい」

あわてて野辺三十郎が手近な座敷へと隠れた。

男がもと来た廊下を戻っていった。

「次はどこへ」

野辺三十郎がふたたび男の後を追った。

「………」

そのまま男は登城口から出て行った。

「むうう」

野辺三十郎は少し離れて、男の後をつけた。

「いかに出入りが激しいとはいえ、誰一人として誰何もせぬとは」

堂々と通行する男に周囲が注意をしないことに、野辺三十郎が嘆いた。

「大手門を出たな」

男が城を出た。

「お目付どの、いかがなさった」

見え隠れして後をつけている野辺三十郎に、大手門を管轄する書院番組頭が声をかけた。

「ちっ」

声をかけられた野辺三十郎が苦い顔をした。

「……つっ」

男が振り向いた。

「見廻りじゃ」

すっと野辺三十郎が書院番組頭へと身体を向けた。

「さようでござったか。ご苦労でござる」

書院番組頭のほうが目付よりも格が高い。

「仕事じゃ」

それでも目付は横柄でかまわないと決まっている。軽くうなずいた野辺三十郎が、
そっと男のほうを見たが、すでにその姿はなかった。

「……くっ」

野辺三十郎が顔をゆがめた。

三

異常というのは気づいたときに報告しなければならない。

まさかと思っている間に、ことが進行して取り返しが付かなくなるときが多い。

一人で抱えこむのは悪手でしかなかった。

しかし、野辺三十郎は誰にも男のことを話さなかった。

「なにもなければ、臆病者とそしられる」

野辺三十郎にも理由はあった。

「拙者一人で解決してみせる」

報せれば皆のものになる手柄を独り占めできる。吉宗に睨まれている状況の打破に、これを利用しようとも野辺三十郎は考えていた。

その後も野辺三十郎は、毎日のように登城口番を担当したが、あれ以降目的の男の姿はなかった。

「やはり……」

それが野辺三十郎の疑念をより強くした。

本物の役人ならば、毎日とはいわなくとも三日に一度は登城しなければならない。勘定などの役方は、ほぼ連日勤めで毎日同じ時刻に登城してくる。番方は当番、非番、宿直(とのい)番を繰り返すため、毎日の登城はないが、それでも毎日見張っていたら顔を見なければおかしい。

それが来ないとなれば、役人ではなかったと考えるべきであった。

また、江戸城を見学するというのはなかった。用のない者の登城は、許されていなかった。

「あのとき、後をつけられれば……」

野辺三十郎が臍(ほぞ)を噛んだ。

「徒目付も遣えぬ。また裏切られては困る」

小高佐武郎に裏切られてしまったいま、徒目付を遣うことを野辺三十郎は避けていた。

結果、人手不足になった野辺三十郎は、毎朝登城口で待機するしかなかった。

「ご精が出ますることで」

先日とは別のお城坊主があきれていた。

「…………」

野辺三十郎が無視した。

「……お疲れさまでございました」

今日も収穫なく登城口から去って行く野辺三十郎を見送ったお城坊主が動いた。

「本日も、登城口におりました」

お城坊主が加納近江守に報告していた。

「誰かを待っておるのか」

加納近江守が首をかしげた。

遠藤讃岐守から野辺三十郎のことを報されて、吉宗は放っておくように指示したが、御側御用取次として仕える加納近江守はすなおに従うわけにはいかなかった。

さすがに捕まえるとか、呼び出して詰問するなどはしなかったが、その動向をしっかり見張らせていた。

「ご苦労であった。これを」

加納近江守がお城坊主に、城中での金代わりとなる白扇(はくせん)を渡した。後日、屋敷に白扇を持ちこめば、一本一分(ぶ)で加納家が引き取った。

「ありがとう存じまする」

お城坊主が白扇を押しいただいた。

吉宗の側近である加納近江守の頼みを断る者はいないが、それでも褒賞が別途用意されているほうが、やる気になる。世情に通じている吉宗に気に入られている加納近江守である。そのあたりの気遣いはできていた。

「そういえば、先日、野辺さまが気にされていた男でございますが、同僚の一人によりますと、竹の廊下まで入りこんでいたそうでございまする」

白扇を袂(たもと)に仕舞いながら、お城坊主が思い出すように言った。

お城坊主は城中の雑用をおこなう。大名、役人の使者から、厠(かわや)への案内、湯茶の接待もお城坊主の仕事であり、その任の性格上、どこにいてもおかしくはなかった。

「竹の廊下……なにをしていた」

加納近江守の目つきが険しくなった。

竹の廊下は吉宗の居室御休息の間まで近い。加納近江守が気にしたのも当然であった。

「そこまでは……」

申しわけなさそうにお城坊主が頭を垂れた。

「いや、責めているわけではない。もし、なにか新しいことを耳にしたら、いつでも聞かせてくれ。拙者がおらぬときは、有馬兵庫頭どのにな」

「わかりましてございまする」

告げた加納近江守に、お城坊主がうなずいた。

お城坊主を帰した加納近江守は、御休息の間近くの入り側の隅へと移動した。

「村垣よ」

「……聞いておりました」

天井裏から応答があった。

「頼むぞ」

「お任せを。ただちに三名態勢を取りまする」

二人の会話はすぐに終わった。

名古屋は先日通った。

今回は街道の調査というのもあり、二人は通常の東海道になる宮から船で桑名へと移動した。

「船も道中奉行の担当になるのか」

名古屋を通ると、かなりの遠回りになる。東海道を上る旅人のほとんどは宮から、桑名への渡し船を利用した。

宮の渡しは、海上七里（約二十八キロメートル）と言われている。その料金は手荷物だけの乗り合いならば五十四文、筵一枚分の場所を使えば三百三十八文かかった。

「借り切りますか」

傘助が問うた。

七里の渡しは客が一杯になるか、夕七つ（午後四時ごろ）になると出る。それまでは急ぎの旅人がいても帆を張らない。

どうしても待つ余裕がないならば、一艘丸々借り切るしかなかった。

「別段かまわぬ。ただ、少し広めに場所を取れ」

聡四郎が傘助に指図した。

七里の渡し一艘を借り切ると、二貫二百五十四文かかった。一貫が銭千枚なので、銭二千二百五十四枚と安いが、船頭以下の船乗りたちには心付けがいる。これが大きく、かなりの額になった。

「承知いたしました」

傘助が会所へと走って行った。

船着き場は混んでいた。

「…………」

大宮玄馬が周囲を気にした。

「おかしな気配はせぬが……」

聡四郎も探った。

「……大丈夫でございましょう」

緊張したままで大宮玄馬が同意した。

「嫌なものだな。人が多いと、襲撃を気にする」

「まことに」

聡四郎と大宮玄馬がため息を吐いた。

「お待たせをいたしましてございまする。あの船に席を取りましてございまする」

傘助が手配を終えた。

歩けば二日かかる距離を船は数刻で走る。しかも荷物を背負わなくても良いのだ。多少費用がかかっても旅人が渡し船を使うのは無理のないことであった。

「……桑名の湊に着きまっそお」

半日かからず、聡四郎たちは桑名へ上陸した。

「旅の都合もあるのだろうが、大きいな、桑名の宿も」

聡四郎は感心した。

桑名は徳川の一門である松平左近衛少将忠雅十万石の城下町である。松平忠雅は、家康の娘を嫁にもらった奥平家の流れを汲む。出羽山形から備後福山をへて、宝永七年（一七一〇）に伊勢桑名へと転封してきた。

その城下でもある桑名の宿は、本陣二軒、脇本陣四軒、旅籠百余軒を誇る東海道でも指折りの宿場町であった。

「殿……」

船を下りた大宮玄馬が緊張した。

「うむ」

聡四郎も気を張った。

「桑名は伊賀の範疇だ」

「はい」

聡四郎の言葉に大宮玄馬がうなずいた。

桑名と伊賀の間は、十七里強（約七十キロメートル）しか離れていない。普通の旅人でも二日あればなんとかなる距離など、伊賀者にとってはないに等しい。

聡四郎たちと伊賀の郷忍との因縁は深い。

藤川義右衛門に頼まれた伊賀の郷忍たちが、聡四郎と大宮玄馬を襲い、返り討ちに遭ってから、復讐だと何度も殺しに来た。

ついには、江戸まで伊賀の郷忍はやって来た。

どころか、今回の旅でも、箱根の山中で伊賀の郷忍に二人は襲われている。

聡四郎と大宮玄馬が殺した伊賀の郷忍は十人をこえる。まさに二人は伊賀の仇敵であった。

「箱根で襲い来た伊賀者が、郷へ報せているやも知れぬ」

「………」

聡四郎の懸念を大宮玄馬が無言で肯定した。

「紬に伊賀の郷のことを聞いておけば……」

大宮玄馬が悔やんだ。

「話しづらいだろう、紬も」

紬も伊賀の郷の刺客である。兄を討たれた復讐に江戸へ出てきた。

「しかし……」

「今更のことよ。注意して行くしかあるまい」

聡四郎は気にする大宮玄馬に首を横に振った。

「猪太と傘助はいかがいたしましょう」

大宮玄馬が荷物を担いで付いてきている二人を気にした。

「箱根で覚悟を聞いたとはいえ、わかっていて危ない目に遭わせるのも酷であるな」

聡四郎もうなずいた。

箱根での襲撃の後、聡四郎は猪太と傘助にここで従者を辞めるか、そのまま付いてくるかを選ばせ、二人はこのまま同行すると答えていた。

「先に行かせるか、後から来させるか」

「それがよろしいかと」

聡四郎の考えに大宮玄馬が首を縦に振った。

「我らが露払いをするほうがよいな」

「どこで待ちましょうや」

二人が顔を見合わせた。

「伊賀も甲賀の縄張りまでは出張って来まい」

「となりますと、近江国でございますな。水口でございましょうか」

聡四郎の意見に大宮玄馬が応じた。

「水口は加藤和泉守どののご城下だな」

加藤和泉守嘉矩は、賤ヶ岳七本槍の一人加藤嘉明の末裔であった。本家は徳川幕府の外様大名廃絶方針によって潰されたが、分家は生き残った。どころか二代藩主越中守明英は外様大名から譜代大名へと格を進め、寺社奉行から若年寄にまで昇っている。一度は水口から下野へ転じられるが、ふたたび水口へと戻って来ていた。

「そうしよう」

大宮玄馬の言葉を聡四郎は採った。

「少し早いが、ここで宿を取る」

「では、本陣に訊いて参りましょう」

傘助が駆け出そうとした。

「頼む」

聡四郎が認めた。

本陣は大名や役人の宿として使用されることを前提としている。別段、警固の番士がいるわけではないが、御座の間となる奥の座敷は、外から直接なかが見えないような造りになっているうえ、天井裏、床下への出入りを防ぐための桟が仕組まれていたりする。

なにより、本陣は基本として一日一組の客しか受け入れないため、不特定多数が出入りし、宿側も管理していない旅籠よりは格段に安全であった。

「大塚与六郎方が空いておりました」

少しして傘助が戻って来た。

「ご苦労である」

ねぎらった聡四郎は、本陣大塚与六郎方へと入った。

本陣宿としても、旗本の宿泊は重大事になる。

「ようこそお出でくださいました」

聡四郎たちを迎えたのは、主の大塚与六郎であった。

「道中奉行副役、水城聡四郎である。一晩世話になる」

「これは、道中奉行さまのおかかわりのお役方さまでございましたか。ありがとう存じまする」

初めて耳にする役名にも、大塚与六郎は怪訝な顔をしなかった。

「夕餉と明日の朝餉も頼む」

「承知いたしましてございまする。畏れ入りまするが、今から風呂を沸かしますゆえ、いささかのときをいただきますよう」

「あらかじめ報せなかったのだ。入ればよい」

本陣では客の求めがない限り、食事や風呂の手配をしない。これは、毒殺や裸で無防備になる湯屋で襲われることを危惧した大名たちが、どちらも自前で用意するためであった。

聡四郎はそれでもいいと認めた。

「では、用意ができましたら、お報せいたしまする」

大塚与六郎がていねいに腰を折って、下がっていった。

「猪太、傘助、ちと話がある」

聡四郎が控えの間で荷ほどきをしている二人を呼んだ。

「へい」

「お呼びで」

猪太と傘助が御座の間外、襖際で膝を突いた。

「事情があり、ここで一度二手に分かれる」

「……それはっ」

「また……」

聡四郎に言われて、猪太と傘助が箱根と同じだと気づいた。

「我らが先行する。半日ほど間を空けて桑名を出よ。合流は水口を予定している」

計画を聡四郎が語った。

「覚悟はいたしましたが……」

「足手まといだと」

猪太と傘助が同行を願った。

「相手が悪い。いや、場所が悪い。地の利は完全にあちらにある。箱根はともに地の利を持たぬところであったため、互角の状況だった。ゆえに危なげなく勝てた」

聡四郎が首を左右に振った。

「……………」

猪太と傘助が黙った。

「……わかりましてございまする」

しばらくして傘助と猪太が応じた。

「荷物はほとんどをそちらに預ける。重くなるが、辛抱してくれるように」

戦いに赴くのだ。身体を重くする着替えや道中薬などを持っていくのはまずい。

「お預かりをいたしまする」

「金は使え。要りようならば、荷馬や駕籠を雇ってかまわぬ」

「ありがとうございまする」

「水口では本陣宿に入っておく。本陣が塞がっていたときは、行き先を託しておくゆえ」

「承りました」

明日の打ち合わせを素早くすませる。

「では、明日に備えて休め」

「かたじけのうございます」

聡四郎に言われて猪太と傘助が控えの間へと下がった。

「少し周りを見て参りまする」

「止めておけ。潜んでいる忍は見つけられぬ。疲れるだけだ」

立ちあがった大宮玄馬を聡四郎が止めた。

「ですが……」

「落ち着かぬのはわかるが、それでは忍の思うつぼだぞ。交代で少しでも休み、明日に備えるのが正しい」

逡巡する大宮玄馬を聡四郎は宥めた。

「少し寝る」

聡四郎はごろりと横になった。

「………」

寝ている主君を残して出て行くわけにはいかない。大宮玄馬が腰を下ろした。

「……お風呂の用意が整いましてございまする」

半刻ほどして、大塚与六郎が声をかけた。

「見張りを頼むぞ」

「はい」

万一に備えて、いつものように小柄を手拭いのなかに忍ばせて聡四郎は湯屋へと入り、大宮玄馬が脱衣場で控えた。

大宮玄馬の入浴では、聡四郎が見張り、夜も交代で不寝番をするなどして警戒をしたが、別段なんの異常もなく、桑名での一夜は明けた。

「ゆっくりでいい。慌てず、怪我なくで頼むぞ」

翌朝、朝餉をすませた聡四郎と大宮玄馬は、猪太と傘助をおいて本陣を出た。

伊勢から甲賀へと延びる東海道は、山道になる。とくに亀山(かめやま)の宿をこえると、街道は片側が崖、反対側は山といった状況が多くなる。

「わたくしが先頭を」

「いや、後ろを頼む。前から手裏剣か矢が来ても、見えているかぎり対処はできるが、後ろでは間に合わぬ。玄馬の小太刀ならば、背後からでも対応できよう」

太刀ゆきの疾さで、聡四郎は大宮玄馬に遠く及ばなかった。

「承知いたしました。決して前には抜かれませぬ。背中をお気になさらずとも結構でございまする」

大宮玄馬が強く述べた。

桑名から水口まで、朝早く出て足を急がせれば、日が暮れごろには着ける。しかし、足を速めるというのは、それだけ注意がおろそかになるということでもある。また、忍と夜道で戦うのは愚の骨頂であった。

「関の宿場で一夜の宿を取る」

「はい」

聡四郎の言葉に大宮玄馬がうなずいた。

関の宿場は伊勢亀山藩板倉近江守重治の領内になる。東海道、伊勢別街道、大和街道の中継点として重要な要所である関は、藩主の移動が多い。関家、奥平松平家、幕府領、三宅家、本多家、石川家、板倉家、大給松平家とめまぐるしく代わり、ふたたび板倉家が封じられた。

五十五軒近い旅籠が軒を並べる関宿で、聡四郎たちは本陣川北久左衛門を選んだ。

本陣川北久左衛門は、東海道を京へ向かう左手にあり、広い空き地を長屋門前に持つ立派なものであった。

長屋門を抜けると右手に客玄関があり、そこからあがって廊下を進んだ突き当たりに上段の間、右手に下段の間があった。上段の間、下段の間ともに十五畳と、さほど大きなものではなかったが、今回はそれがよかった。また、上段の間と廊下を挟んだところに厠があり、奥などへ移動せずともすむ。

「湯は不要じゃ」

身に寸鉄も帯びない風呂はどうしても安全に欠ける。聡四郎は入浴を避けた。

「夕餉も要らぬ」

すでに敵地である。聡四郎は毒を盛られることを危惧し、本陣宿での飲食を断った。

「承知いたしましてございまする」

もともと本陣は、そういったもので、宿泊の場所を提供するのが仕事であり、食事や入浴は求められて初めて用意する。川北久左衛門が従った。

「少し早いが食事にして、休もうぞ」

「ただちに」

大宮玄馬が振り分け荷物のなかから、道中の茶屋で買った握り飯の包みと、水の入った竹筒を出した。

「……今日は先に休む」

食事を終えた聡四郎は、羽織を脱いだだけで横になった。

「二刻半（約五時間）で起こせ」

「お任せを」

まだ暮れ六つ（午後六時ごろ）にはなっていない。深更(しんこう)前には交代できた。

四

川北の本陣宿は、客間より奥が川北家の居住場所であり、奉公人たちは奥と門脇にある長屋で起居する。といっても、本陣に客がいるときは、寝ずの番が何人か付く。なにせ本陣に泊まろうかという客は、大名、高禄の武士、裕福な商人なのだ。夜中でも気にせず、なにかしらの要求をしてくることも多い。

「隙間風をなんとかせい」

「水を持て」

大名のように周囲を家臣が固めていても要求は出る。そのとき対応できる者がいなければ騒動になった。なにより、火事など起こせば大事になる。

とはいえ、上段の間や下段の間に詰めることはできないので、声をかけられたときに応じられるよう、少し離れた小部屋で待機している。

寝ずの番がいても夜半を過ぎると、本陣は静まりかえる。

「なにやつ」

そろそろ聡四郎を起こさなければという刻限、大宮玄馬が身構えた。

「……来たか」

聡四郎も飛び起きた。

「いつの間に……」

気配を探った聡四郎は、下段の間の隅に平伏している影を見つけた。

「殿、後ろに」

大宮玄馬が脇差を抜いて、聡四郎をかばった。

「うむ」

聡四郎も室内での戦闘を考えて刃渡りの短い脇差を手にし、後ろからの奇襲に備えて大宮玄馬と背中を合わせた。

「お待ち下さいませ」

影が聡四郎と大宮玄馬に話しかけた。

「…………」

忍は己に注意を集めておいて、他の者が死角から襲い来るという手段を得意とする。聡四郎は顔を向けることなく、警戒を解かなかった。

「お信じいただけませぬでしょうが、ここにはわたくししか参っておりませぬ」

影が決して襲撃をしに来たわけではないと言った。

「何者じゃ。面体（めんてい）も晒（さら）さず、名乗らぬ者の言を聞くほどお人好しではない」

気を張ったままで聡四郎が咎めた。

「ご無礼をいたしました。わたくし伊賀の郷におりまする忍のまとめをいたしておりまする百地丹波介（ももちたんばのすけ）と申しまする」

「伊賀の郷忍の頭領だと申すか」

名乗った影に、聡四郎が問うた。

「まだその席に就いたばかりでございますが」

顔をあげた影が応じた。

「前任はどうした」

「藤林（ふじばやし）は、逐電（ちくでん）いたしましてございまする」

尋ねた聡四郎に百地丹波介と名乗った影が答えた。

「玄馬、位置替えをいたすぞ」

「はっ」

聡四郎と大宮玄馬が、膝を使って素早く入れ替わった。

「ふうむ」

正面から百地丹波介を見つめた聡四郎がうなった。

「暗くて顔がよくわからぬ。明るいところまで来い」

「近づかせていただくには、いささか懸念がございましょう。まずは、ここで顔をご確認願えれば」

招いた聡四郎に首を振った百地丹波介が、懐(ふところ)から灯りを出して顔を照らした。

「若いな」

灯りに浮いた顔に、聡四郎は驚いた。

「隠居していない者のなかで、これでも歳嵩(としかさ)なのでございますが」

言われた百地丹波介が苦笑した。

「前任者の失踪を見逃したのか。たしか伊賀の郷の掟に脱走は許されないとあったはずだが」

「……それは」

聡四郎に言われた百地丹波介が苦い顔をした。

「……実状をお話しいたしまする」

百地丹波介が肚を据えた。

「申せ」

聡四郎が認めた。

「郷が滅びかけておりまする」

いきなり百地丹波介が険しい声を出した。

「どうしてだ」

「外へ働きに出られるだけの腕を持つ忍が、いなくなりました」

「理由は」

「掟に従った者が、貴殿を追いかけて郷を出て行ってしまいました」

問うた聡四郎に、百地丹波介が恨めしそうな目をした。

「拙者のせいだというか」

「そう思わざるを得ませぬ」

睨む聡四郎に百地丹波介が言い返した。

「掟はそちらが勝手に決めたもので、拙者は知らぬ。降りかかる火の粉を払うのは当然だ。もし、伊賀の掟を絶対のものとするならば、伊賀忍に狙われた瞬間、あきらめねばなるまいが」

「…………」

聡四郎の言いぶんに百地丹波介が黙った。

「掟など、そのなかだけで通じるものだ。それを他人に押しつけるな」

「ですが、先祖から代々伝わってきたものでございまして、一朝でどうにかできるものでは……」

難しいと百地丹波介が首を左右に振った。

「で、前の頭領は拙者を追って、伊賀を出たというか。ところで頭領が国を出てよいのか」

「よろしくはございませぬ。頭領は郷にあって忍をまとめるのが仕事でございますれば」

確認した聡四郎に、百地丹波介が眉をひそめた。

「当然、いなくなった頭領に、掟は適用されたのだろうな」

「……いいえ」

詰問する聡四郎に百地丹波介が頬をゆがめた。

「…………」

聡四郎が黙った。

「わかっております る。勝手なことを申しておるというのは」

百地丹波介が頭を垂れた。

「藤林は掟を果たすために江戸に向かいました。頭領としての責務を捨てたとはいえ、掟を守るためという理由がございまする。掟を守るために掟を破るとなれば、どう対応すべきかわかりませず……」

「勝手な理屈を」

聡四郎があきれた。

「というのは表向きの話でございまして……実際は追っ手を出すだけの余裕がないのでございまする」

「追っ手を出せぬ……人手がない」

「……はい」

百地丹波介がうつむいた。

「それほど……我らを狙って郷を離れたのか」

「ほとんどはそうでございますが、それ以外にも」

百地丹波介が辛そうな表情を浮かべた。

「以外とはなんだ」

「藤川義右衛門を覚えておられましょうや」

「忘れられるか」

質問へ質問で返した百地丹波介に、聡四郎が不快感をあらわにした。

「その藤川に誘われて、多くの術者が郷を捨てましてござる。藤川め、忍の技を遣い江戸の闇を支配し、贅沢三昧をしようではないかと……」

「多くの者が応じたのだな」

憎々しげに告げる百地丹波介に、聡四郎はあっさりと述べた。

「伊賀の技を無頼相手に遣うなど、忍としての誇りを捨てるも同然」

百地丹波介が憤っていた。

「しかたなかろう。誇りでは喰えぬ」

「……………」

冷たい聡四郎の言葉に百地丹波介が口をつぐんだ。

「おまえたちの頭領が逃げ出そうが、喰えぬからと闇に落ちようが、我らにはかかわりのないことだ」

さらに聡四郎は追い討ちをかけた。

「伊賀者が滅んでも……」

「我らを殺そうとした者たちだぞ。滅びて喜びこそすれ、哀悼する気はない」

下から窺うような目で訊いた百地丹波介に、聡四郎は断言した。

「大宮玄馬さまでしたな。袖の郷がなくなってもよいとお考えか」

百地丹波介が口を開かない大宮玄馬へ話を振った。

「殿のご意志が、拙者の考えでござる」

振り返りもせず、大宮玄馬が弾き返した。

「……………」

「なにを期待したのかは知らぬが、我らの間に感情は入らぬ」

聡四郎はもう一度拒絶した。

「そもそも、そちらが金で雇われて我らを襲ったことに端を発している。雇われ刺客をするような輩が、闇に堕ちた者どもを非難できるのか」

「我らは生きて行くため……」

「おまえたちが生きる。それは大切なことだ。だが、殺された者たちも同じだろう。命は等しくない。上様と吾では、命の重みが違う。上様に何かあれば、天下が乱れる。それだけで多くの者が被害を受ける。拙者が死んだところで、家は誰かが継ぐだろうし、泣くのは妻と子くらいだ。ああ、玄馬は違うぞ。拙者が寿命以外で死ぬときは、玄馬はすでにこの世のものではない。拙者を守って先に果てている」

「さようでございまする」

聡四郎の口から出たことを大宮玄馬が認めた。

「命の重みは同じではないが、それでも殺される者にとって大切なものだ。それを、生きるためと言いながら奪って来た。無頼が町で金を取るために庶民を脅すのと、どのくらい違うと」

「我らに飢えて死ねと」

聞いた百地丹波介が怒った。

「馬鹿者、少しは考えろ。伊賀の郷が貧しいのはわかっているのだろう。それは耕作できる土地が少ないからだ。ならば、その収穫で喰える範囲でやればいい」

「人減らしを……生まれてくる子を殺せ、年寄りを殺せというのか」

百地丹波介が顔色を変えた。

「どうしてそうなる。おまえたちの郷に外で働ける男や女はおらぬのか。なにも仕送りをしなくてもいい。大坂や京、いや水口でもいい。奉公に出ればいいだろう。なぜ、そんなに郷にこだわる」

「忍の技を伝えていかねばならぬ。そして技は門外不出だ。外の者に知られては……」

理由を問うた聡四郎に、百地丹波介が反論した。

「たしかに技の継承はしなければならぬ。一度失ったものは二度と蘇(よみがえ)らぬからな。だが、死んでしまえば、そんなことも言っていられまい。技を守って飢え、伊賀の郷が滅びたら、技は誰が伝えるのだ。人があっての技だろう」

「それは……」

百地丹波介が詰まった。

「江戸の伊賀者に技を譲ってしまえばよい」

「伊賀を捨てた者たちに……」

「それ以上言うことを許さぬ」

激しかけた百地丹波介を厳しく聡四郎が制した。

「江戸の伊賀組は、神君家康公が召し抱えられたもの。それを非難する気か」

「…………」

家康のしたことに文句を付けるなど許される話ではなかった。それこそ、明日にでも伊賀を支配する藤堂(とうどう)家の兵が郷を襲っても不思議ではない。

百地丹波介が顔色を変えた。

「さて、これ以上は無駄なようだ。帰れ」

聡四郎が議論を打ち切った。

「お待ちくだされ。本題をまだ」

百地丹波介が慌てた。

「本題……さっさと言え。夜中だぞ」

「申しわけなし」

機嫌を悪くした聡四郎に、百地丹波介が謝罪した。

「……本題でござるが」

一度、言葉を切って百地丹波介が姿勢を正した。

「伊賀の郷は、今後、水城さまを狙いませぬ」

「ほう」

胸を張って宣した百地丹波介に聡四郎は目を大きくした。

「掟はどうするのだ」

「……掟は」

百地丹波介が苦渋に満ちた顔をした。

「これ以上掟にこだわると、技を受け継ぐ者がいなくなりまする」

「なるほど。江戸へ抜けた者が多く、これ以上人が減ることを怖れたか」

聡四郎が理解した。

「…………」

「掟よりも大事なものがあると気づいたわけだ」

「では、御免」

皮肉を言った聡四郎に答えず、百地丹波介が消えた。

「……殿」

しばらく気配を探っていた大宮玄馬が、聡四郎に身体を向けた。

「真実でございましょうや」

「であろうな。わざわざ油断させるために来たという可能性もあるが……」

大宮玄馬の懸念に聡四郎ははっきりと返答できなかった。

「人手がかなり減ったのだろう。男だけでなく、女もかなり江戸へ出たようであるしな」

聡四郎は竹姫が深川八幡宮へ吉宗の武運長久を祈願しに出たとき、襲い来た女忍のことを思い出していた。

「とにかく、そなたは休め。明日もある。伊賀者の発言をそのまま信用するわけにはいかぬ。明日も警戒を続けなければならぬ」

「はい。では、失礼をして」

主従の息は合っている。ここで、大丈夫だなどと言わないのが正しい。伊賀の郷の影響が及ぶ地から甲賀忍者の縄張りに抜けるまで、油断はできない。百地丹波介と名乗った者の言を信用して被害を受ければ、自業自得であった。

野辺三十郎の不審な動きをお城坊主から聞いた加納近江守は、吉宗に報告した。

「ふむ。目付が城中で馬鹿をしている。他の目付はなにをしているのだ」

吉宗が首をかしげた。

「目付は城中の平穏を守るのが役目である。同僚とはいえ、普段と違った行動を取っているならば、それを疑うべきであろう」

「他の目付が動いているという噂は聞いておりませぬ」

加納近江守が吉宗の疑問に首を横に振った。

「なにをしておる。同僚だからと疑いもせぬのか」

「目付は一人役でございまする。誰がなにをしているかは、本人以外知ってはならぬのが決まり」

嘆息する吉宗に加納近江守が決まりを語った。

「ひょっとすると野辺を探っている目付もおるやも知れぬと」

「なきにしもあらずというところだと思いますが」

確認する吉宗に加納近江守が五分五分だと言った。

「目付という役目の自浄を期待するとしてもだ。なにか起こってしまえばそれまでだぞ」

「はい」

吉宗の意見に加納近江守が首肯した。

「村垣どのにも話は通じてございまする」

対応はしていると加納近江守が告げた。

「躬のことならば、不安などない。庭之者がおり、近江守、兵庫頭がおる。躬に傷一つつけることなど叶わぬわ」

信用していると吉宗が述べた。

「畏れ多いことでございまする」

加納近江守が感謝した。

「そうじゃ。水城に報せを出せ」

「危険を教えてやりますので」

先日、聡四郎に野辺の企みを教えるなと言ったばかりの吉宗が、真逆のことを口にした。加納近江守が思わず念を押した。

「違うわ。躬が危ないと思って帰ってきては、折角の学びが無駄になる。もう少し世間を学ばせねばならぬ」

吉宗が否定した。

「では、なにを、水城に」

「東海道の終わり、京で折り返さず、大坂まで行けと伝えよ」

「大坂でございまするか」

加納近江守がわからぬと首をかしげた。

「躬はいずれ、あやつを町奉行にと考えている。それには、江戸よりも面倒な大坂と京を見てくるのがもっとも勉強になろう。京だけでもよいが、あそこは公家のせいで面倒なだけだ。江戸に公家はおらぬ。しかし、大坂は商人が支配している。躬も紀州藩主だったころは、大坂商人に随分と泣かされたものだ。かなりの借金をしていたからな、紀州は」

吉宗が嫌そうな顔をした。

「大坂商人を知るのは、きっとあやつの糧になる。書付さえ合っていれば、どうにでもなる幕府の勘定方とは違う、生きた金の動きを見るのはな」

「…………」

益々重くなる聡四郎への期待を口にした吉宗に加納近江守が黙った。

「それに、あやつが帰って来るまでに、目付部屋を躬が掃除しておかねばならぬ。躬の臣を侮った報いを受けさせてやらねばならぬ。いや、なにより躬の力を水城に、いや、紅に見せつけてやらねばの。これからも酷使するのだ」

吉宗が口の端を吊り上げた。

第五章　掟の終わり

一

関から水口までは、一日もかからない。道は山道だが上り下りもさほどではなく、旅人にとって雨さえ降らなければ、楽な道のりであった。

「なにもございませんな」

関を出ておよそ四里（約十六キロメートル）で鈴鹿峠になり、伊勢から近江へと国を変える。

「峠をこえれば甲賀の土地になる。伊賀も郷を総動員するなど、あまり派手なまねはできまい」

気を配りながらも聡四郎も応じた。

伊賀を山一つこえた甲賀も不思議なことに忍の郷であった。もっとも伊賀忍と甲賀忍には大きな差があった。

伊賀が服部、藤林、百地の三家に支配されているのに対し、甲賀は五十三家といわれる郷士たちが連合していた。

天正伊賀の乱のように外敵が侵入してきたときなどは一致団結するが、普段の伊賀は三家がばらばらに生きていた。比して甲賀は五十三家が話し合いを持ち、その結論にほとんどが従った。

この質が忍の技にも出ていた。

伊賀は一人一人の技に優れ、甲賀は組んでの仕事に秀でる。

ために戦国のころ、伊賀は金さえもらえば、昨日まで雇われていた相手に平気で敵対した。しかし、甲賀は全体で動くため、近江の支配者であった六角(ろっかく)家に臣従していた。

「金で動く節操(せっそう)なしの野良犬」

「忍は独立するために技を磨いてきた。飼い犬ごときに忍と名乗る価値はない」

甲賀が伊賀を下人として蔑(さげす)めば、伊賀は腕がないと甲賀を嘲笑する。

近い隣人でありながら、これらの差が伊賀と甲賀の仲を遠いものにしていた。

「まもなく峠の頂（いただき）になりまする」

「ならば少し休むとしよう」

大宮玄馬の報告に、聡四郎が言った。

鈴鹿峠は百丈（じょう）（約三百三メートル）ほどで、周囲の山脈のなかでもっとも低い。それでも伊勢国からの登りは急勾配になっており、女子供だと上り下りにかなり苦労する。剣術遣いの聡四郎と大宮玄馬にとっては、それほど面倒なものではないが、二日続けて夜十分な休息を取っていないこともあり、休息をこまめに取るようにするべきであった。

峠には茶屋が付きものであった。とはいえ、建物が建っているというほどではなく、縁台と葭簀（よしず）だけの簡素な造りで、老爺（ろうや）が一人店番をしていた。

「二人、休ませてもらうぞ」

大宮玄馬が声をかけた。

「へい、どうぞ、おかけを」

老爺が頭を下げて、茶の用意に入った。団扇（うちわ）で炭火を扇（あお）ぎ、茶釜の湯を温め直す。

茶釜にはあらかじめ、焦がした麦か米が入れられていた。

汗を掻いていても、知らない土地で水をそのまま飲むのはよろしくない。旅の心得の第一にあげられるほど、水あたりは注意すべきものであった。

「どうぞ、ごゆっくりなされませや」

老爺が湯飲みを二つ、縁台の上に置いた。

「これを」

大宮玄馬が波銭を三枚老爺へ渡した。二枚が茶代、一枚が心付けになる。

「ありがとうございます」

老爺が銭を押しいただいた。

「……麦焦がしだな」

一口含んだ聡四郎が言った。

「殿、毒味を……」

大宮玄馬が顔色を変えた。

「親爺が味見をしていたのでな」

聡四郎はしっかりと老爺の動きを見ていた。老爺は沸いた茶を聡四郎たちに出す前に、己で味見をしていた。

「ですが、用心を重ねませぬと……」

「一気に飲んではおらぬ」

まだ迂闊だと忠告してくる大宮玄馬に、聡四郎は湯飲みのなかを見せた。湯飲みに入っている茶はほとんど減っていなかった。

「味もおかしくないぞ」

「…………」

平然としている聡四郎に、大宮玄馬がため息を吐いた。

「ご一緒させていただいても」

若い女が遠慮がちに声をかけてきた。武士が座っている縁台に、町屋の女が同席するための礼儀であった。

「かまわぬ」

聡四郎は鷹揚に認めた。

「御免くださいませ。親爺さん、お茶をくださいな」

女が一礼して縁台の端に腰をかけた。

「ちょっと待っておくれ。炭の位置を変えるでの」

武士相手とは違う。老爺が砕けた口調で応じた。

「後は帰るだけだから、ゆっくりでいいよ」

女も笑いながら、うなずいた。

「……そろそろ参りましょう」

唇を湿したていどで、大宮玄馬が聡四郎を促した。

「うむ」

聡四郎も茶をすべては飲んでいない。首肯して聡四郎も立ち上がった。

「ご一緒いただき、感謝しております」

女が腰を曲げた。

「いや」

手を振って聡四郎は歩き出した。すばやくその背中をかばうように大宮玄馬が続いた。

「……どう見た」

聡四郎が前を向いたままで大宮玄馬に問うた。

「甲賀の見張りでございましょうか。武術にはそれほど秀でているという感じはございませんでしたが、目の付けどころが要所、要所でございました」

大宮玄馬が答えた。

「茶店の親爺ではないのだがな」

聡四郎が苦笑した。

鈴鹿峠は伊賀と甲賀の境でもある。そこに見張りを置くのは当然のことであり、集団で動く甲賀なればこそでもあった。一人一人の腕で戦う伊賀には、端から見張るという考えがないようであった。

「親爺ではない……となれば、あの女でございますか」

大宮玄馬が思い出そうとして首をかしげた。

「そなたの位置からでは、見にくかったのかも知れぬな」

縁台に腰掛けて休んでいるとはいえ、大宮玄馬は聡四郎の警固を忘れていない。不意の襲撃から主君を守れる位置取りをしており、聡四郎と違った風景を見ていた。

「顔を思い出せ」

聡四郎が述べた。

「……顔を……あっ」

「ようやく思い当たったか」

思案の後、声を出した大宮玄馬に、聡四郎が苦笑した。

「そ、袖に似ておりました」

大宮玄馬が啞然とした。

「袖よりも若いように見えたゆえ、妹か従妹といった辺りだろう。聞いていないのか」

聡四郎が大宮玄馬に袖の家族について知らないのか訊いた。

「伊賀での話は嫌がりますので」

「兄がいたことしか知らぬな」

二人が声を落とした。

「……いかんな。つい、気が沈む。袖の兄を殺したのは、我らには違いない」

「襲われての反撃でございまする」

小さく首を左右に振る聡四郎に、大宮玄馬がしかたなかったと慰めた。

「なにをしに来たのでございましょう」

大宮玄馬が緊張した。今は大宮玄馬の許嫁となっているが、もともと袖も兄の敵討ちで江戸へ出てきたのだ。袖のかかわりが姿を見せたとなれば、またぞろ戦いになるかも知れない。

「義兄となるお方の顔を見に来ただけだとは思われませぬので」

「……ほう」

不意に前の木の陰から、茶店にいた女が現れた。

「つっ」

聡四郎が感心し、大宮玄馬が柄に手をかけた。

「さすがは忍だな。街道を通らず、山道で我らの先回りをするとは……」

「山のなかで育ったものでございますれば」

疑われぬようにと街道の中央まで出てきて、女が答えた。

「挨拶が遅れまして失礼をいたしました。袖の妹の菜と申しまする。姉がお世話になり、お礼を申しあげまする」

菜と名乗った女がていねいに頭をさげた。

「道中奉行副役、水城聡四郎だ。これは家士の大宮玄馬」

名乗られたら返すのが常識である。聡四郎は己を含め、大宮玄馬を紹介した。

「承りましてございまする」

もう一度菜が腰を折った。

「用件を聞かせてもらおう」

聡四郎が姿を見せた意味を尋ねた。

「一つは、義兄になられるお方のことを知りたかったというのと」

菜が一度言葉を切って、大宮玄馬を見つめた。

「……もう一つはご注意をなされるようにと」

「注意……襲い来るというのだな」

「はい」

確認した聡四郎に、菜が認めた。

「やはり偽りか、百地め」

大宮玄馬が憤慨した。

「いえ、頭領はかかわりございませぬ」

菜が否定した。

「掟をないがしろにしたことへ反発した古き価値を捨てられぬ者どもが、昨日、郷から消えました」

「なるほど、百地が吾の前に掟を無視すると言いに出たことで反発したか」

聡四郎が話を呑みこんだ。

「ご賢察でございまする。すでに忍働きから引いた者のなかから三人がいなくなりました」

忍は体力を使う。常人ではこえられない壁を飛びこえたり、一日駆け続けたりするのだ。若くなければ保たなかった。

「老忍か。厳しいの」

「はい」

険しい顔をした聡四郎に、大宮玄馬も同意した。

「…………」

「わからぬか。体力に任せて来る者どもなれば、こちらも力押しで対応できる。だが、長く忍の技を昇華させ、経験を重ねてきた者たちは手強い」

「剣術道場の師匠と同じ」

怪訝な顔をした菜に聡四郎と大宮玄馬が告げた。

「体力の衰えは取り返せぬが、経験はそれをこえる。それに忍を引いたとはいえ、後進の指導は続けていたのだろう。実戦の勘も鈍ってはいない」

「……はい。三人とも現役のころは二つ名を持つほどの腕でございました」

聡四郎の説明に、菜が納得した。

「配下の暴走を止められぬなど、なんの頭領か」

大宮玄馬が百地丹波介を罵った。

「言うてやるな。配下を確実に支配できる上役などおらぬ」

勘定吟味役、御広敷用人と歴任した聡四郎は、主従ではない上下関係の難しさが身に染みていた。

「……はい」

大宮玄馬がすなおに引いた。

「どこで来るかだな。さすがに甲賀の面目もある。幕府役人を甲賀の庭で伊賀に殺されたとあっては、面目が立つまい」

聡四郎が愚痴を言うより、対処を優先した。

「菜、茶店の親爺に告げたのか」

情報を甲賀に渡したのかと聡四郎は問うた。

「直接ではございませぬが……」

「そなたが来たことで、なにかあると匂わせた。そういうところだな」

菜の答えで聡四郎は悟った。

「えっ」

大宮玄馬がわかっていない顔をした。

「少しは落ち着け。そなた、袖の妹が来てから、うわずっておるぞ」

聡四郎が苦笑した。

「おかしいとお感じではございませぬか。袖は伊賀の郷と縁を切ったように申しておりました。なのに、なぜ、わたくしと袖のことが……」

顔色を白くしたまま、大宮玄馬が菜を見た。

「御広敷伊賀者だろう、話を伊賀の郷へ運んだのは」

「また、裏切りを……」

聡四郎の推測に、大宮玄馬が眉間にしわを寄せた。

「さすがにそれはない」

一度、御広敷用人となった聡四郎に反発し、御広敷伊賀者が敵対した過去があった。

「今度は上様もお許しにはならぬ」

吉宗の性格は厳しい。既得権益を侵す改革を推し進める無理もわかっているため、一度の反発くらいは認めるが、繰り返しは許さなかった。二度目でも咎めなければ、他の者たちへの示しがつかなくなる。

二度目の敵対は、幕府から伊賀組が消える覚悟が要った。

「では、なぜ」

「交流であろう。江戸へ出た伊賀者といえども、技を身につけるための修行をせねばなるまい。普段は江戸近くでやっていても、肝心なところは伊賀の郷でなければならぬなどありえよう」

「仰せの通りでございまする」

菜が聡四郎の予想を正解だと告げた。

「江戸の伊賀組の者が、郷へ来るときがございまする。そのときに、江戸でのお話を伺いました」

「……ならばよろしいが」

将来の義妹に言われて、大宮玄馬はそれ以上言わなかった。

「となると……」

「鈴鹿峠の下りと近江を抜けてからが問題になろう」

場所はどこになるかと問うた大宮玄馬に、聡四郎は答えた。

鈴鹿峠を下ると土山（つちやま）宿になる。土山宿は東海道四十九次目の宿場であり、水口まで二里半（約十キロメートル）しかない。聡四郎と大宮玄馬の足ならば、一刻（約四時間）もかからない。

「さすがにその辺りは甲賀が占めているだろう」

ちらと聡四郎は菜を見た。

「おそらく手配はすませたでしょう」

うなずいて菜が峠へ目を向けた。

「では、行こう。さすがに暗くなると面倒だ」

聡四郎が大宮玄馬を誘った。

「はっ」

「わたくしも」

大宮玄馬に続いて菜が追従した。

半歩下がって付いてくる菜に、大宮玄馬が嚙みついた。

「どういうことだ」

「お供をさせていただきますが」

「…………」

「わたくしならば、罠を見抜くことはできまする」

菜が胸を張った。

「信用できぬ。獅子身中の虫を飼うわけにはいかぬ」

大宮玄馬が拒んだ。

「お殿さま、いかがでございましょう」

菜が聡四郎に問いかけた。

「……そうよなあ」

聡四郎が戸惑った。

菜が袖ならば、安心して背中を任せられる。袖の知識は、伊賀者の罠を見抜く大きな助けになる。が、菜にそれを預けるのは難しかった。

袖の妹だという保証もない。なにより菜が伊賀の掟に従順なのか、それとも反対しているのかわからない。へたをすれば、裏切りに遭ってしまう。

「断って、潜まれるよりはましだろう」

離れれば見えない敵を増やすことになる。聡四郎は菜を目の届くところに置いておくべきだと判断した。

「……わかりましてございまする」

主君の決定は絶対であった。大宮玄馬が渋々首肯した。

「では、間に入れ」

大宮玄馬が菜を聡四郎との間に入れて挟んだ。こうすることで、しっかりと見張るつもりであった。

「はい」

菜が素直に従った。

「注意して進むぞ」

山間(やまあい)を縫うように街道は進んでいる。両側が林で、見通しの悪いところも多い。

聡四郎が今まで以上の警戒をするようにと命じた。

二

鈴鹿の下りは登りとは比べものにならないほど楽であった。そのぶん、峠道は長くなるが。

「ようやく村が見えて参りました」

平地で水があれば、人の手が入る。少しずつ田畑が広がり、そこに村ができていく。村が出てくれば、峠道は終わりになった。

「見晴らしがよくなるな」

大宮玄馬の報告に聡四郎も安堵した。

地の利を持たないところで襲撃される。このとき、もっとも恐ろしいのが初撃であった。見通しの悪いところでの奇襲、これを防ぐのはかなり難しい。いや、それに対していつ来るか、どこから来るかと緊張し続けるほうがきつい。

人というのはずっと緊張し続けることはできなかった。緊張と弛緩(しかん)を繰り返すことで、精神は均衡を保っている。狙われるとわかっていれば、どうしても緊張する。

聡四郎と大宮玄馬が、近くに潜むところのない、見通しの良い村へ入ったことで、一息吐いたのは無理もないことであった。

「…………」

矢羽根(やばね)の音が聡四郎の耳に届いた。

「くっ」

太刀で打ち払う間もかわす間もない。聡四郎は膝の力を抜いてそのまま落ちた。

「なっ」

「きゃっ」

先ほどまで聡四郎の頭があったところを過ぎた矢が、大宮玄馬と菜の間を縫うようにして飛んでいった。

「殿……」

大宮玄馬があわてて脇差を抜き、警戒しつつ、聡四郎を気遣った。

「尻を思い切り打ったがな、痛いと感じているから生きているぞ」

すばやく立ちあがった聡四郎も、太刀を抜いて構えた。

「離れておれ」

聡四郎が菜に手を振った。

「ですが……」

菜がためらった。

「そちらに気を回したくない。離れたところで頭を抱えてかがんでいてくれ」

聡四郎が険しい顔で言った。

「……はい」

戦いの最中に裏切られたくないと言われたも同然なのだ。菜が表情をなくした。

「さっさと行け。妹の死を袖に伝えさせるな」

菜のほうを見ず、大宮玄馬が怒鳴った。

「…………」

菜が離れていった。

「どこだと思う」

すでに矢は飛んでこなくなっている。奇襲は初めの一撃を外した段階で、失敗になる。弓矢という遠距離の武器は、その居場所を知られるとかなり厳しくなる。

対して襲われたほうは、射手の位置を特定しなければならない。どこから射てくるかわかれば、身をどうやって隠せば良いかわかるだけでなく、反撃の端緒（たんしょ）を得ることにもなる。

「……あの矢の位置から見ると……」

ちらと大宮玄馬が、聡四郎を狙いながら外れた矢に目をやった。

「あちらの百姓家の屋根辺りかと」

大宮玄馬が目で指した。

「もうおるまい」

特定に手間がかかりすぎた。聡四郎は動いているだろうと首を横に振った。

「いかがいたしましょう」

「このままここにいては、いい的だ。あちらの農具小屋を盾にするぞ」

対応を問うた大宮玄馬に、聡四郎が指示した。

「承知」

短く応えた大宮玄馬が、背を低くして駆け、聡四郎は周囲の屋根に目を走らせながら、大宮玄馬の援護をした。

「お出でを」

農具小屋に着いて、なかを見て敵が潜んでいないことを確認した大宮玄馬が呼んだ。

「おう」

聡四郎も農具小屋を目指した。今度は大宮玄馬が援護を担当する。

「殿、左の屋根に人影」

大宮玄馬が叫んだ。

「むっ」

そちらを確かめもせず、聡四郎は後ろへ跳んだ。

「………………」

矢が聡四郎の進むべき方向に突き刺さった。

「今ぞ」

聡四郎は足に力を入れた。

鉄炮ほどではないが、弓も二撃には多少のときが要った。

「お怪我は」

「ない」

農具小屋へ飛びこむようにしてきた聡四郎を大宮玄馬が気遣った。

「むっ」

「おのれっ」

農具小屋へ避難した二人に矢が続けて射られた。

「やはり弓は一人だな」

矢が撃ちこまれる間隔から、聡四郎は推測した。

「では、左右に分かれて同時に」

一人ならば、二つの的を相手にはできない。どちらか一つへ集中するその隙に、もう一人は間合いにまで接近すればいい。

大宮玄馬がうなずいた。

「行くぞ」

「はい」

二人が農具小屋を飛び出した。

矢を射かけられている間に、どこから射ているかは見つけている。聡四郎と大宮玄馬の二人は、一気に迫った。

「しゃっ」

「はっ」

分かれた二人の前に、忍装束が対応するよう、二人現れた。

「ちっ」

足を止めれば弓の的になってしまう。聡四郎と大宮玄馬が勢いを殺さず、ぶつかっていった。

「なんの」

「くう」

「この……」

忍たちが後ろへ跳んで衝突を避けた。

「きさまらが、伊賀の郷を抜けた者どもか」

問いながら聡四郎は間合いを詰めた。

「だとしたら、なんだと言う」

忍が返した。

「一応訊いただけよ。まちがえて討ち果たしては、まずかろう」

聡四郎が嘯いた。

「言うことよ」

「えいやっ」

忍の反応を潰すように大宮玄馬の気合いが響いた。

「おうっ」

突きをかわした伊賀者に、大宮玄馬が薙ぎを喰らわせた。

「なんの」

それも避けた伊賀者だったが、一度引いたため、大宮玄馬に付けこまれる結果となった。

「せいやっ、とう」

大宮玄馬の小太刀はこうなれば強い。取り回しがしやすく、軽い脇差は一撃あたりの重さはないが、数を繰り出せた。

「……うっ」

疾風にもたとえられる大宮玄馬の一刀をついにかわし損ねた伊賀者が、脇腹に喰いこまれた。

「…………」

一瞬、その衝撃で動きを止めた伊賀者を大宮玄馬は見逃さなかった。

喰いこんだ脇差を強引に斬りあげると、手首を翻して落とした。

「……がっ」

腹を割かれた伊賀者が地に伏した。

「正造(しょうぞう)」

「余裕があるの」

仲間へ気を取られた伊賀者へ、聡四郎は太刀を突き出した。

「なんの」

あっさりと伊賀者はそれをかわした。

「くらえっ」

後ろへ下がりながら、伊賀者が棒手裏剣を聡四郎へ向けて撃った。

「ふん」

伊賀者との戦いも慣れている。太刀を小さく振って手裏剣を弾く。聡四郎は伊賀者が引き際に手裏剣を遣うことを知っていた。

「若い者が勝てぬのも道理よな」

「ああ」

仲間ともつれ合うように戦いが始まれば、同士討ちを懸念して弓は遣えなくなる。屋根の上にいた伊賀者が、降りてきた。

「行くぞ」

「おう」

二人の伊賀者が、聡四郎に向けてかかってきた。

「しゃっ」

一人が手裏剣を左右の手から撃ち出し、もう一人が忍刀で斬りつけた。

「…………」

聡四郎は手裏剣だけに対応した。

「もらった」

忍刀を掲げた伊賀者が勝ちを宣言した。

「させぬわ」

その伊賀者めがけて、脇差が飛んできた。

「おうわっ」

胸をめがけてきた脇差を忍刀を持った伊賀者が払い落とした。

「得物を投げるとは」

忍刀を持った伊賀者があきれた。

戦いの最中に得物を投げるのは、悪手でしかなかった。よほど咄嗟(とっさ)か、確実にそれで仕留められるという自信がなければ、武器を失うことになるからだ。

「……疾い」

落ちた脇差を遠くに蹴飛ばした伊賀者が大宮玄馬に目をやったとき、すでに太刀を抜き放って迫っていた。

「せいっ」

大宮玄馬が太刀を八相（はっそう）から斬り落とした。

「おっと」

あわてて伊賀者が右へ跳んだ。

「逃がさぬわ」

左斜めへと落とした太刀を、大宮玄馬は斬り返した。

「そのていど」

伊賀者が身をよじってかわした。

「まだまだあ」

大宮玄馬がさらなる追撃を送った。

一放流は鎧武者を一撃で屠るのを極意とする。ために二の太刀を持たないとされている。が、実際、かわされたときの対応を持たないようでは、武術として成りたたないため、秘太刀あるいは奥義として伝えられている。一放流に二の太刀はあるが、さすがにそれ以上は難しい。それを大宮玄馬はこえた。

身体が小柄なため、一撃が軽すぎて一放流の極意を授けられなかった大宮玄馬は、重さの代わりに疾さと多彩な動きを身につけていた。

「一放流のはず……」

伊賀者が目を剝いた。

「小太刀のほうだがな」

啞然とした伊賀者に、大宮玄馬が下段からの突き技を見せた。

「……しまった」

疾さで師入江無手斎を凌駕(りょうが)した大宮玄馬の一撃に、伊賀者も避けきれなかった。

「これまでじゃな、兵弥(ひょうや)」

聡四郎と対峙(たいじ)していた伊賀者が、間合いを空けた。

「だの」

兵弥と呼ばれた伊賀者が、腹を押さえながら同意した。

「勝手なことを」

主君を狙われた家臣が、そんなまねを許すはずもない。大宮玄馬が太刀を突き出したまま、飛び出そうとした。

「よせ、玄馬」

殺気を振りまいている大宮玄馬を聡四郎が制した。

「殿……」

家臣として主君の制止を振り払うことはできない。

大宮玄馬が足を止めた。

「とりあえず、引け」

「……はい」

もう一度命じた聡四郎に、大宮玄馬が渋々従った。

「手当てする間だけくれ」

弓で狙撃してきた伊賀者が、聡四郎に頼んだ。

「ここで死ぬわけにはいかぬか」

聡四郎が太刀を鞘へ戻した。

「どこまで見抜いている」

兵弥の腹にきつく晒しを巻きながら、伊賀者が問うた。

「これが盛大な芝居だということくらいだな。なにも一人死なさずともよかろうと思うが、そうでなければ、芝居でなくなるか」

嫌そうに聡四郎が答えた。

「……恐ろしい男よな」

手当てを終えた兵弥が感嘆した。

「初めてお目にかかる。道中奉行副役水城聡四郎さま。伊賀の郷の住人であった播磨麻兵衛でござる」

「同じく山路兵弥でございまする」

あらためて二人の伊賀者が名乗った。

「こちらの紹介は要らぬな」

「重々承知しておりまする」

二人の伊賀者が膝を突いた。

「玄馬、気を抑えろ」

まだ殺気を漏らしている大宮玄馬を聡四郎がたしなめた。

「……はっ」

何度も大きく息を吸っては吐くを繰り返し、大宮玄馬がようやく落ち着いた。

「菜を呼んで来い」

「…………」

聡四郎に言われた大宮玄馬が逡巡した。

「もう、大丈夫だ」

「殿の仰せならば」

首を縦に振った聡四郎に、不承不承ながら大宮玄馬が菜を迎えに行った。

「よいご家臣を、お持ちでございますな」

山路兵弥が感心した。

「宝だ」

聡四郎がうれしそうに笑った。

「勝てぬわけでござる。まったく、最初はいたしかたないにしても、それを繰り返しては、無駄死にを生んだだけで」

播磨麻兵衛が頬をゆがめた。

「藤林であったか、前の頭領は」

「伊賀三家の血を引くというだけで頭領になった半端者でござった」

腹立たしげに山路兵弥が吐き捨てた。

「忍は腕で頭領を決めるのではないのか」

思わず聡四郎は訊いてしまった。

「甲賀は知りませぬがの、伊賀は腕の立つ者ほど身分は低いのでございまする」

「ああ、そうか。腕が立つから他国へ派遣される。帰って来られるという保証のないものに、名門は子息を出さぬな」

　山路兵弥の一言で、聡四郎は悟った。

「命がけの任をおこなわぬとあれば、どうしても修行も甘くなりましょう。修行で死んだり、大怪我をすることもございますので」

「伊賀だけではございますまい」

　播磨麻兵衛の話に、山路兵弥が皮肉を加えた。

「今の上様は違うぞ」

「それは本家で大事に育てられておられないからでございましょう」

　否定した聡四郎に播磨麻兵衛が苦笑した。

「果たして、上様がお継ぎのお方をどうお育てになるか」

「…………」

　試すような山路兵弥に聡四郎はなにも言えなかった。

　少し前までならば、吉宗は長男の長福丸(ちょうふくまる)を鷹狩りなどへ連れ出し、厳しく育てただろう。だが、天英院の策略で毒を飼われた長福丸は、まともに言葉を発することさえできなくなってしまった。

「躬(み)が将軍などにならねば……」

その長福丸に吉宗は大いなる引け目を感じている。将軍としてふさわしいだけの素養やしつけを、吉宗が長福丸へ押しつけることができるとは思えなかった。

「頭領はできずとも、周囲がしっかりしていればいい。ただし、ことがなければでござるが」

黙った聡四郎に、山路兵弥が述べた。

「一朝事があれば、それまでか」

「…………」

呟くような聡四郎に、山路兵弥が無言で肯定した。

「これ幸いだったのだな、伊賀の郷にしてみれば、前の頭領が藤川義右衛門にたぶらかされたのは」

「幸いというには、被害が大きすぎました」

聡四郎の言葉に播磨麻兵衛が首を左右に振った。

「こちらから挑んで、そちらさまからは一切の手出しがなかったとわかっておりまする。あなたさまが降りかかる火の粉を払っただけで、討たれたのも仕方ないことと頭ではわかっていても、納得できぬのが人」

「だな」

聡四郎も同意した。

「だから、そなたたちは伊賀の郷の心にけりを付けに来たのだろう」

「左様でございまする」

確かめた聡四郎に、播磨麻兵衛がうなずいた。

「どういうことでございましょう」

菜を連れて帰ってきた大宮玄馬が、険しい顔で聡四郎を見つめていた。

三

「すまぬ、玄馬」

聡四郎が怒っている大宮玄馬へ深々と頭をさげた。

「えっ、殿、なにを」

主君の謝罪に、大宮玄馬が焦った。

「完全に気づいていたわけではないが、そなたに黙っていたことを詫びる。伊賀の郷が生き延びるための策ではないかと疑っていた」

「…………」

大宮玄馬が沈黙した。

「申しわけなし」

「すまぬことでござる」

「すみませぬ」

播磨麻兵衛、山路兵弥、菜はそろって手を突いた。

「……殿、お教えくださいますな」

小さくため息を吐いて、大宮玄馬が求めた。

「ああ」

うなずいた聡四郎が語り始めた。

「そもそも本陣に新しい伊賀の頭領と名乗る百地丹波介が来たことがおかしいのだ。わざわざ、もう手打ちにしようなどと告げに来る意味がない。殴りかかっていくから、殴り返されていると伊賀者も気づいている。それくらいわからぬようでは、今まで生き残ってても来られなかっただろうし、そうならば、滅びは近い」

「でござるな。過去、何度も同じような危機はござった。刺客を頼まれて行ったはいいが、あっさりと防がれたことは。そのたびに掟だと復讐していては、術者を失うだけでござる。一人前の術者を育てるには、十五年からのときと、相応の金が要りまするからの。割りが合わぬにもほどがござる」

山路兵弥が認めた。

「今回もそうすべきでござった」

山路兵弥の言葉を播磨麻兵衛が引き取った。

「運が悪かったのは、頭領が苦労知らずだった。まあ、ここ数代、刺客や探索を引き受けて、失敗がなかったというのも、変な矜持を持たせたのでござろうな」

「結構、仕事はあるのか」

聡四郎が話を割って問うた。

「ございますな。商売敵を潰して欲しい大坂の商人、除目の邪魔になる者の足を引っ張りたい公家、ああ、出世の競争相手をどうにかしたいと求めて来られた御上役人もおられますぞ」

「御上役人……」

播磨麻兵衛の口から出た内容に、聡四郎は絶句した。

「役人というのは、上にいくほど座る席が減りましょう。江戸町奉行は南北の二人しかいないのですが、そこに至る手前には大坂町奉行、京都町奉行、長崎奉行、駿府町奉行などがござります」

「聞き捨てならぬ話だが……」

淡々と言う播磨麻兵衛に聡四郎は険しい顔をした。

「話しませぬぞ。それをすれば、伊賀は死にますでな。客のことはなにがあっても口にしない。これを守れなくなれば、誰も伊賀に仕事を依頼してくれませぬ」

きっぱりと播磨麻兵衛が拒否した。

「それに、誰がなにをというのは、仕事を受けた頭領しか知りませぬ。儂らは誰を片付けてこいと言われて、出向くだけでござる」

山路兵弥は問われても困ると拒んだ。

「当然の話だな」

聡四郎は納得した。伊賀の郷忍は道具でしかない。道具はぶつけられるものの相手だけをしていればよく、その向こうまで考えなくともいい。

「まあ、話を戻しますが……長く失敗がなかったところに、水城さまたちのことが起こった。先代頭領にとっては、大いに名前が傷つく出来事だった」

「そこで、遣われなくなって久しい伊賀の掟が出てきたと」

「さようでござる」

播磨麻兵衛が首肯した。

「己の矜持を守るために、郷の者を遣うか」

「それが頭領というものでござる」

あきれる聡四郎に、播磨麻兵衛が力なく笑った。

「渡りに船だったのだな、頭領が江戸へ出ていったのは」

「はい」

菜が首を縦に振った。

「いかに道具として育てられてきても、無駄に死にたくはございませぬ。なにしろ死んでも悔やみ金の一つももらえず、役立たずだという罵りを受けるだけ」

無表情ながら、菜が文句を言った。

「不満が溜まっていたのだな。どちらの意味でも」

「よくぞ、見抜かれました。畏れ入りまする」

山路兵弥が聡四郎に敬意を表した。

「…………」

「わからぬかの、大宮どのは」

蚊帳の外におかれているような大宮玄馬に山路兵弥が微笑んだ。

「まったく、意味がわかりませぬ」

大宮玄馬が認めた。

「伊賀の郷は崩れる寸前だったのだ。頭領が掟を破って江戸へ向かった。ああ、理由は掟に従って、我ら二人を討つというものだったろうがな」

聡四郎が苦い顔をした。

「しかし、郷は困惑した。当たり前だ。すべての責を負うべき頭領が、働き手の減った郷を捨てて行ったのだからな。そして、伊賀の郷へいろいろな後ろ暗い仕事を求めて来た客との連絡は、頭領がしていた。つまり、伊賀の郷は喰うための、伝手、実行する術者、その両方を失った」

「まったく。見ておられたのではなかろうな」

山路兵弥が嘆息した。

「そこで古い頭領を切り捨て、新たな者を選び、伊賀の郷の再生に挑もうとした」

「さようでございまする」

播磨麻兵衛が肯定した。

「とはいえ、新しい頭領には仕事を取ってくる伝手がない。その伝手を構築するまでの時間稼ぎをしなければならなかった。そして、仕事を受けるには術者が要る。どちらも必須の条件、そのためには我らと敵対しては困る。これ以上術者を減らされても、我らにちょっかいをかけ続けて上様のお怒りを買っても、郷が潰される」

「それがなぜ、我らを襲うことにつながりまするか」

大宮玄馬が質問した。

「だからといって、無駄に散った者たちの遺族の気持ちは収まらないだろう。夫を、父を殺された者たちが、泣き寝入りするとは思わない。いや、それを見過ごすには、伊賀の郷は一つでありすぎた。頭ではわかっていても、心が納得しない。ゆえに、今回の策を立てた。どうやって遺族を説き伏せたのかは知らぬがな」

聡四郎が播磨麻兵衛に目をやった。

「これが最後と説得したのでござる。我らの命を捨てての求め、死を覚悟した者の願いを無にはできますまい」

播磨麻兵衛が答えた。

「やはりな」

「どこでお気づきに」

うなずいた聡四郎に菜が尋ねた。

「百地丹波介が本陣に来たときから気になっていた。わざわざ敵に回りませぬと言わずとも、我らを黙って見送ればすむ。それを宣言しに来たという段階で疑った。

最初は、油断させるための罠だとも考えたが、そうでないとわかったのは、そなたが茶店に現れたときだ」

「わたくしが……」

菜が怪訝そうな顔をした。

「そうだ。襲う気があれば、鈴鹿峠に入る前に、我らのもとへ来たはずだ。それが襲うほうに有利な急坂の後、甲賀の地元に入るところで合流してきた。そして三人が抜けたという話を持って、警告しに来た。襲う気にしては稚拙過ぎよう。罠ならばわたくしが見つけられまするというのも、同行するための口実だろう。そして同行する前に、紬の妹だと報せ、伊賀も変わるというのを見せつけた」

「紬の変化まで利用したと……紬がどれほどの辛さを乗りこえてきたか」

大宮玄馬が憤った。

「すみませぬ」

菜が蒼白になった。

「虐めるな。これも生き残るためだ」

聡四郎が大宮玄馬を宥めた。

「……はっ」

大宮玄馬が引いた。

「掟を声高に言う古き者と改革をしようとする若い者、その両方がせめぎ合っているを我らに報せるのが、菜の役目」

聡四郎が菜を見た。

「そして古き者を演じ、口減らしを兼ねて皆の不満を引き受けたのが、おぬしたちだな」

続けて老年の伊賀者たちへと目を移した。

「申すことがなくなりもうした」

播磨麻兵衛が降参した。

「なんともはや、恐ろしい」

山路兵弥も畏れ入った。

「こうでもなければ、上様のお役に立てぬのだ」

なりたくてこうなったわけではないと聡四郎が力なく息を吐いた。

「やはり上様はお厳しい」

「己にも厳しくなさるゆえ、臣としては不満も言えぬ」

問うような山路兵弥に、聡四郎は告げた。

「……誰か参りまする」

感心していた菜の表情が引き締まった。

「では、我らはこれで」

山路兵弥と播磨麻兵衛が立ちあがって、死んだ正造を肩に担ぎあげた。

「待て」

聡四郎が制した。

「死ぬことは許さぬ」

「…………」

播磨麻兵衛が沈黙した。

「いや、今はだ。もう一度話をしたい。それ以降は止めぬ」

「ですが……」

死ぬことで伊賀の郷の気持ちを封じる。そのために播磨麻兵衛たちは聡四郎を襲ったのだ。播磨麻兵衛が渋った。

「そちらの郷の事情に我らを巻きこんだのだぞ。それくらいの貸しはあると思うが」

「……それは」

「たしかに」

播磨麻兵衛と山路兵弥が顔を見合わせた。

「では、そういたしましょう」

うなずきあった二人を代表して、播磨麻兵衛が引き受けた。

「今夜の宿は……」

「水口はご勘弁ください。今のこれも知られれば、甲賀に大きな借りを作ることになりますので」

邂逅場所を言おうとした聡四郎を播磨麻兵衛が止めた。

「どこで訪ねて参る」

「京で」

「宿は決めておらぬぞ」

「探しまする」

待ち合わせはどうすると問うた聡四郎に播磨麻兵衛が応じた。

「では」

「待て、もう一つ。山路兵弥と申したおぬし、先ほど一放流がどうのと玄馬の太刀筋を見て申したであろう。どこで見た」

聡四郎が背を向けようとした山路兵弥に問いかけた。

「若かりしころ一度だけ、郷で」

「それは、まさか……」

伊賀者に襲われたことを話したとき、入江無手斎が諸国修行の途中で伊賀に立ち寄ったことがあると言っていたのを聡四郎は覚えていた。

「人が近くなりまする。それも後日」

山路兵弥が今は無理だと拒んだ。

「わかった。では、行け」

「ごめんを」

手を振る聡四郎に播磨麻兵衛たちが一礼して去った。

「わたくしは……」

「報告があろう。帰るがいい」

尋ねた菜へ聡四郎が許可を出した。

「ありがとう存じました」

聡四郎に頭をさげた菜が、大宮玄馬へと向き直った。

「姉のこと、よろしくお願いいたしまする」

「…………」

菜に頼まれた大宮玄馬が赤くなった。

「旦那さま」

近づいてきた旅人の一人が、こちらに気づいた。

「傘助と猪太だな」

「そのようでございまする」

聡四郎と大宮玄馬が声に反応した。

「……いつのまに」

「どこへ」

その一瞬で菜の姿が消えていた。聡四郎と大宮玄馬が驚いた。

「術者がおらぬというのも、疑わねばならぬか」

聡四郎がなんともいえない顔をした。

四

市ケ谷(いちがや)の尾張家上屋敷は七万五千六百坪という広大な敷地を誇っている。表御殿、奥御殿、江戸詰め藩士たちの長屋の他に見事な庭を持っていた。

「集まりましてございまする」

庭の泉水に面した四阿の前で、十名の藩士が控えていた。

「来たか」

東屋から藩主徳川継友が現れた。

「稲生、皆の名前を」

「はっ」

継友の言葉に、稲生が首肯した。

「堂元、佐々木、阿佐ケ谷、遠山、栖本、山倉、和田山、菊池、小佐山、そしてわたくし稲生でございまする」

稲生が己を含めて一人一人を紹介した。

「うむ」

鷹揚にうなずいた継友が、全員の顔を見た。

「おそらく、生還は期せぬであろうことによくぞ、名乗り出てくれた」

まず継友が礼を言った。

「いえ、殿の御為、いえ、徳川の家を糺すためにございまする。我ら徳川の禄を食む者として、当然のことでございまする」

稲生が淡々と述べた。

「余は、うれしいぞ。尾張にまだまだ真のもののふがいたことを、誇りに思う」

継友が感嘆した。

「失礼ながら、ただいまより余ではなく、躬と仰せられますよう。我らが出る限り、吉宗の余命なく、殿こそ九代将軍」

躬は、将軍の使う呼称である。稲生が継友を持ちあげた。

「そうか、躬と言ってもよいか」

「もちろんでございまする。殿こそふさわしい」

「どうぞ、そのようになされませ。新将軍万歳」

喜んだ継友に、尾張の家臣たちが口々に褒め称えた。

「よきかな、よきかな」

継友が感激した。

「躬は、そなたたちのことを決して忘れぬ。そなたたちの名前は永遠に躬の心にある。躬が将軍となったおりには、それぞれに係累（けいるい）を取り立ててくれる。稲生、そなたの係累は御側御用取次にしてくれる。一万石じゃ」

「だ、大名に」

空証文に、稲生が震えた。

「その他の者たちも、相応の禄を約束する。最低でも五千石をくれてやるぞ」

「五千石……」

「なんと」

家臣たちが驚いた。

六十一万九千五百石という御三家最高の石高を誇る尾張には、士分が二千五百人ほどいる。付け家老のように一万石をこえる家老職もいるが、そのほとんどは千石に満たず、五千石など両手の指で足りるていどしかいなかった。

「十倍……命を懸けるだけの価値はある」

堂元が呟いた。

「ああ、これで娘の嫁ぎ先に苦労せずともよい」

歳嵩の和田山も同意した。

「鎮まれ、御前ぞ」

口々に話を始めた一同を稲生が注意した。

「よい、叱ってやるな。功に報いるのは、主君の務めじゃ。褒賞を出し渋るような者が、天下の政をおこなえようか。信賞必罰、これこそ天下の規範である」

「さすがは、殿。いえ、上様」

わざとらしく稲生が讃えた。

「ふむ」

口の端が緩むのを、継友が手で押さえた。

「さて、明日は月次登城である。城中は混雑し、他人の行動など気にもせぬ」

「…………」

継友の話に、家臣一同が傾聴した。

「将軍は、いや、吉宗は四つ（午前十時ごろ）に黒書院にて我ら御三家の挨拶を受ける。その後、大広間へと移って諸大名に謁見をする。そして昼ごろに御休息の間へと戻る」

継友が月次登城の予定を語った。

「上様とかかわりないようにいたさねばなりませぬゆえ、黒書院で吉宗を襲うのはよろしくございませぬな」

稲生が思案した。

「黒書院には、奏者番（そうしゃばん）と当番の目付、それに小姓がおる。目付と奏者番はものの数

には入らぬゆえ、小姓だけを排除するだけでよいのだが……御休息の間ともなると
その他に御側御用取次と小納戸がおる」
吉宗の警固が甘くなるのは黒書院だと継友が口にした。
「なりませぬ。万一でも上様のお名前が出ては大事。なに、小姓の数が増えようが、
小納戸がいようが、我らの前には薄紙も同然。御側御用取次がおるならば、かえっ
て好都合でございまする。加納近江守か、有馬兵庫頭かはわかりませぬが、上様の
天下には不要な者ども。一緒に片付けてくれましょう。そのほうが、吉宗もうれし
いでしょう、黄泉路の供ができるわけでございますれば」
腕に覚えのある佐々木が嘯いた。
「さすがじゃの。尾張柳生免許を持つだけのことはある。頼もしいぞ」
継友が佐々木を褒めた。
「畏れ多い」
目通りはかなう士分とはいえ、直接藩主から褒め言葉をかけてもらえることはま
ずない。佐々木が歓喜した。
「さて、名残は尽きぬが、残されたときは少ない。そなたたちも仕度があろう。稲
生、それを」

目通りの終わりを継友が宣し、四阿の腰掛けの上に置かれた袱紗包みを指した。

「はっ」

膝行して、稲生が袱紗包みを手にした。

「躬の手許金からじゃ。さほどないのは、堪忍いたせ。尾張は手元不如意じゃゆえの」

己の懐から出したと継友が言った。

「五十両も……かたじけのうございまする」

袱紗包みを開いた稲生が金額に驚いた。

「皆で使え。遊びにゆくもよし、家族に遺してやるもよしじゃ」

そう述べた継友が立ちあがった。

「明日は会わぬ。ただ、主従は三世という。次の世も、そのまた次も、躬のために働いてくれよ。行けえ」

「ははっ」

平伏する家臣たちを見下ろしながら、継友が解散を命じた。

「今生の別れでございまする」

「どうぞ、天晴れな将軍にお成りくださいますよう」

「お仕えできたことこそ誉れでございました」

口々に別れを告げながら、稲生たちが去って行った。

「…………」

継友は無言で全員がいなくなるまで見送った。

「……行ったか」

小さく継友が呟いた。

「躬か。よい響きじゃ」

継友が声もなく笑った。


人は慣れるものだ。

役目に就いた当初は、気を張り、通過する者すべてをよく見ていた。が、何事もなくそれを繰り返すだけになると、どうしても集中しなくなる。

「なにも起こらぬ」

「将軍家のご威光に逆らえる者などおらぬ」

「外様大名どもも牙を抜かれた虎、いや、もう猫じゃ」

諸門を警固する大名、書院番士などの気が緩むのも当然であった。

「さっさとせぬか」

「お役で急いでおる」

また、一々検めていたのでは、手間がかかりすぎて苦情が出る。

「お通りあれ」

結果、江戸城の諸門は笊になっていた。

十名の尾張藩士たちは、裃を身につけ、小役人らしい形で大手門、桜田門、常盤橋門などに分かれて江戸城内へと歩を進めた。

目付野辺三十郎は、登城口番ではなくなっていた。

「代わってくれ」

「理由を訊こう。でなくば、あまりに不自然である」

数日前から、野辺三十郎の行動は目付部屋でも奇異なるものとして注目されていた。

「ならばよい」

理由を語るわけにはいかない野辺三十郎は登城口番をあきらめ、その代わりに城中巡回をしていた。

城中巡回は目付の任務である。さすがにこれに文句は付けられない。ただし、巡回という名前が付いているように、じっと登城口の見えるあたりで立ち止まっているわけにはいかず、動かなければならない。

「なにをしておる」

廊下の隅に立ち止まり、じっと登城口を観察しているのを見つかれば、同じ目付から咎められる。

ここで正当な理由が言えなければ、職務怠慢で野辺三十郎が目付の監察を受けることになる。

「人が多すぎる」

月次登城で混雑する登城口に巡回の途中でちらっと目をやるくらいでは、なにもわからない。覚えている不審な男の顔を探すことも難しい。

野辺三十郎が愚痴をこぼした。

「尾張権中納言さま」

登城口に控えているお城坊主が、継友の到着を声高(こわだか)に報せた。

「尾州(びしゅう)公か」

野辺三十郎が足を止めた。

「……なんだ、あれは」

目付の矜持から片膝を突きつつも頭を垂れずに見送った野辺三十郎は、継友の表情が普段と違うことに気づいた。

「いつも顔をしかめている尾州公が、笑っている」

野辺三十郎は唖然となった。

「なにかよいことでもあったか。側室の誰かが懐妊した……」

継友には子供がいなかった。さすがに御三家を、世継ぎがないからといきなり潰すことはないが、男子ならば誰でも吾が血を引いた子に後を継がせたいと思うものだ。今のままならば、尾張家の家督は継友に万一があったとき、養子に出ず残っている弟通温か通春のどちらかに行く。

「いかん、尾州公のことではない」

あわてて野辺三十郎が登城口へと目を戻した。

「……だめか」

野辺三十郎は、もう一回りすると、登城口に背を向けた。

江戸城の本丸表御殿は広い。本丸の総面積約三万四千五百二十九坪、そのうち本丸御殿は延べで一万一千三百七十坪あった。

一部は二階建てであり、そこを巡回しないとしても、数千坪以上を歩き回るのだ。

一周するだけで一刻（約二時間）以上かかった。

「もう、登城してくる者はおらぬか」

すでに四つを過ぎている。登城口は閑散としていた。

「……………」

ちらと登城口を見た野辺三十郎はあきらめた。

「念のために、黒書院を見てくるか」

そろそろ黒書院で御三家への目通りが始まる。担当の目付は黒書院のなかに入っており、儀式がすむまで退出してこない。

野辺三十郎は先日、不審な男が近づいた竹の廊下を目指した。

躑躅の間を過ぎ、焼火の間の手前を左に曲がれば中庭がある。その中庭の右手が黒書院、左手が白書院になり、中庭をこえた向こうに竹の廊下があった。

「他の目付はおらぬな」

白書院の手前に目付部屋がある。廊下を歩きながら、野辺三十郎は同僚が出てきていないかを気にした。

「もう御三家お目通りは終わっていたか」

黒書院への出入り口となる山吹の間前廊下に、人の姿はなかった。

御三家という将軍に近い一族との目通りだとはいえ、これも儀式でしかない。黒書院下段敷居内へ入って平伏した尾張藩主は、取り次ぎ役の老中から官職名の披露を受け、ただちに敷居外へ出て、老中の隣で待機、また平伏したのちふたたび敷居内へと戻る。

「当日ご祝儀めでたく存ぜられ候」

老中が尾張藩主に代わって口上を述べ、

「めでたきよな」

将軍の応答を受けた後、なにも言わずに退出する。

それこそ、煙草を数服吸い付けるほどで終わる。でなければ、他の大名たちまで回らない。御三家全部合わせても小半刻(こはんとき)(約三十分)ほどなのだ。野辺三十郎が黒書院まで来たときには終わっていても不思議ではなかった。

「片付けもないしの」

正月の拝礼のように、祝いの品献上、拝領品下賜、盃下などがあるわけでもない。黒書院に格別の用意もなく、後片付けのお城坊主もすでにいなかった。

「今日でもなかった」

野辺三十郎が、ため息を吐いた。

「いつまで猶予があるか」

吉宗の性格はわかっているつもりであった。吉宗が己を解任せずに放置しておくのは、もっとも効果が出るときを見はからって罰するからだろうと野辺三十郎は考えていた。

「水城の帰府までだろうな」

野辺三十郎は、限界をそこだと考えていた。

「今ごろ、京だろう。そこで折り返すとなれば……あと十日ほど」

苦く野辺三十郎が頬をゆがめた。

「上様は、目付にまで手を入れられるつもりであろう。それはすなわち、旗本たちへの牽制。将軍を支えるのは、一部の寵臣ではない。旗本八万騎こそ、将軍を守る盾であり、攻める矛である。頬を見ない倹約という無茶を通すならば、旗本をしっかりと摑まえておかねばならぬ。足下が危うければ改革などできぬ」

目付に選ばれるだけあって、野辺三十郎は吉宗の考えを推測していた。

「上様だからこそ、目付の言を信じてもらわねば困る。軍目付の報告は、家康さまでさえ否定しなかった。その軍目付の流れを汲む目付を上様は尊重してくださらぬ。目付こそ、法なのだ」

野辺三十郎が強い信念を口にした。

「それなのに……なんだ」

己の想いに酔いかけた野辺三十郎が、ふと気配に気づいた。

「黒書院溜から人の気配がする」

野辺三十郎が耳を澄ませた。

溜は黒書院で行事があるときの準備や後片付けをする場所であるとともに密談の場所でもあった。周囲に人が近づきにくいよう、溜は中庭に突き出るように建っている。

「今日は月次登城、溜を密談で使われるご老中方は、今ごろ大広間にお出でのはず……」

溜を使用できるのは、基本として老中であった。

「なにをするつもりだ」

野辺三十郎は、足音を殺して溜に近づいた。

※地図、組織図作成参考資料

『江戸城をよむ』（原書房）

『五街道細見』（青蛙房）

『江戸幕府大事典』（吉川弘文館）

光文社文庫

文庫書下ろし／長編時代小説

検断　聡四郎巡検譚(二)

著者　上田秀人

2018年7月20日　初版1刷発行

発行者　鈴木広和
印刷　萩原印刷
製本　ナショナル製本

発行所　株式会社 光文社
〒112-8011　東京都文京区音羽1-16-6
電話 (03)5395-8149　編集部
8116　書籍販売部
8125　業務部

ISBN978-4-334-77679-4　Printed in Japan

組版　萩原印刷

KOBUNSHA